BOOK II 日語文法

我的第一本
日語學習書

QR碼行動學習版

全MP3一次下載

BOOK2AllMP3.zip

iOS系統請升級至iOS 13後再行下載
此為大型檔案，建議使用WIFI連線下載，以免佔用流量，
並確認連線狀況，以利下載順暢。

便能順利的打開新的人生世界
有計畫性的學習日語，

外語的學習常常是許多人頭痛的難題之一。背了又忘記，記熟了卻又不懂如何應用，時間久了自然而然地，原有的熱誠和期待便逐漸退燒。也因此，往往便讓大家產生了學語言很難抓到要領的聯想。但換個角度想，語言是生活中不可或缺的溝通工具，以母語為例，人人都熟練它，並能順利的經營團體生活。既然如此，外語也不應該是一項難以學習的工具，但它的確是需要時間與練習才能更臻於完美。

語言也是自我投資的最理想的標的物之一，而且一定要將它視為長期投資才行。但如何能持續性的學習下去呢？首先應是發現它的實用性與必需性，並能在學習上獲得成就感的話，我相信每個人都願意再繼續投資，也就能保持學習的熱誠。那麼該如何落實呢？個人認為，日本旅遊將是種極為有效的方法。但是一定要在事前做好功課，例如上網或看一些導覽書並安排行程，接著更模擬在日本時可能發生的任何狀況，並將這些場景下所需應用的日語全部預先部整理出來，等到實際發生時便不會慌張。更重要的是，已經準備好的單字與文法在腦中，順著臨場的發揮，達到實際的練習成功記憶，且能感受實地演練時感受到日本人反應，享受當下的成就感，同時我們也能深切地感受到學習外語的必要性。

所以日語學習書的選擇則顯為重要。我相信大家看過許多這方面的書，然國際學村出版的這本《我的第一本日語學習書》則是我要推薦給大家的好書。圖文並茂的設計、各種場面的單字收集等，內容相當完備，我們不用花太多時間作整理及收集，實用性強。且不論買東西或坐電車還是在飯店場面內的用語等都做了很有趣的編輯，我相信大家看了一定也會給予認同。

最後祝福大家學習愉快，藉著學會新的語言打開每個人心中的另一扇窗，發現另一個多彩多姿的新世界。

中央大學日語講師、文化大學推廣部講師、台灣百大企業日文顧問
簡佳文

CONTENTS

Book II 日語文法

清音 あ行

★Part 1 日語假名練習

★收錄了可以正確書寫日語「ひらがな」「カタカナ」的日語假名練習格。

★不僅可以聽到老師正確的發音，更能練習每個假名的書寫。

★收錄了各個發音的單字，只要用聽的就可以背單字。

★Part 2 日語基礎文法整理

★系統地收錄了初級學習者需要瞭解的文法。

★可以邊聽台灣資深日語教師的邏輯講解，更快地進行文法的學習。

★透過反覆地收聽講解，很快地就能精通基礎文法。

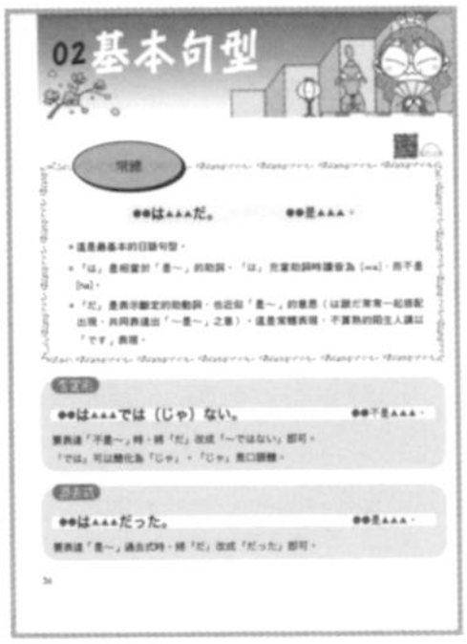
02 基本句型

★Part 3 我的第一本日語學習書——Book I 日語會話詳細解說

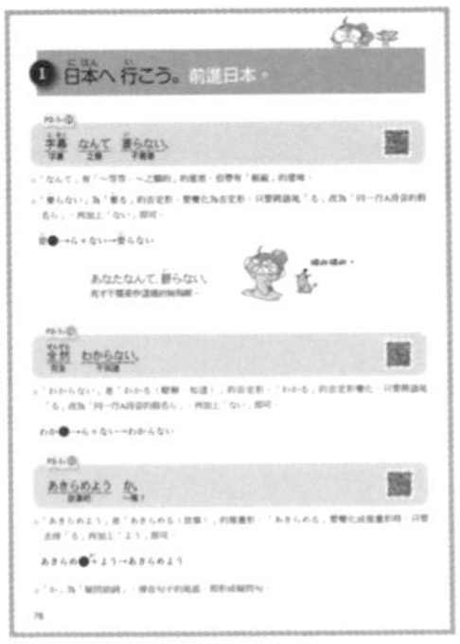
日本へ行こう。前進日本。

★以學習的方式詳細解說【我的第一本日語學習書——Book I 日語會話】裡有趣內容的文法，以課堂授課式的方式進行說明，便於輕鬆的理解。

★可利用看、聽反覆進行視覺及聽覺的學習。

再瞭解一點

・我的第一本日語學習書【QR碼行動學習版】讓你可以透過手機掃描QR碼，隨時隨地都可以聽本書的教學MP3，熟練掌握日文的發音和文法。
在Part 1中我們可以學習日文的發音與基本詞彙；在Part 2中我們可以學習日語的基礎文法；在Part 3中透過【Book I 日語會話】延伸學習，學到更透徹的文法實力。

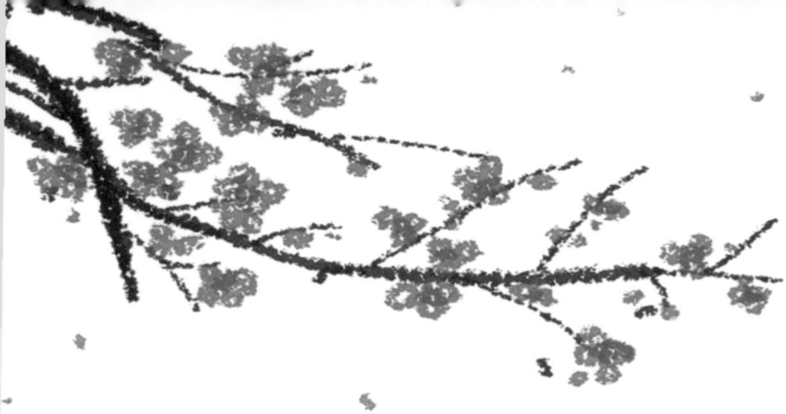

Part 1
日語假名練習

五十音図（ごじゅうおんず） 五十音圖

P1-01

ひらがな平假名

あ a	い i	う u	え e	お o
か ka	き ki	く ku	け ke	こ ko
さ sa	し shi	す su	せ se	そ so
た ta	ち chi	つ tsu	て te	と to
な na	に ni	ぬ nu	ね ne	の no
は ha	ひ hi	ふ fu	へ he	ほ ho
ま ma	み mi	む mu	め me	も mo
や ya		ゆ yu		よ yo
ら ra	り ri	る ru	れ re	ろ ro
わ wa				を o
ん n				

カタカナ片假名

ア a	イ i	ウ u	エ e	オ o
カ ka	キ ki	ク ku	ケ ke	コ ko
サ sa	シ shi	ス su	セ se	ソ so
タ ta	チ chi	ツ tsu	テ te	ト to
ナ na	ニ ni	ヌ nu	ネ ne	ノ no
ハ ha	ヒ hi	フ fu	ヘ he	ホ ho
マ ma	ミ mi	ム mu	メ me	モ mo
ヤ ya		ユ yu		ヨ yo
ラ ra	リ ri	ル ru	レ re	ロ ro
ワ wa				ヲ o
ン n				

P1-02

せいおん
清音 あ行

あ [a] あ あ あ あ あ

＊愛：□い

ア [a] ア ア ア ア ア

＊冰：□イス

い [i] い い い い い

＊草莓：□ちご

イ [i] イ イ イ イ イ

＊英國：□ギリス

う [u] う う う う う

＊大海：□み

ウ [u] ウ ウ ウ ウ ウ

＊病毒：□イルス

え [e] え え え え え

＊笑臉：□がお

エ [e] エ エ エ エ エ

＊電梯：□レベーター

お [o] お お お お お

＊王、國王：□うさま

オ [o] オ オ オ オ オ

＊食用油、機油：□イル

P1-03

か行

か [ka] かか かかか

＊雨傘：□さ

カ [ka] カカ カカカ

＊照相機：□メラ

き [ki] きき ききき

＊香菇：□のこ

キ [ki] キキ キキキ

＊接吻：□ス

く [ku] くく くくく

＊雲：□も

ク [ku] クク ククク

＊聖誕節：□リスマス

け [ke] けけ けけけ

＊風景：□しき

ケ [ke] ケケ ケケケ

＊蛋糕：□ーキ

こ [ko] ここ こここ

＊小孩：□ども

コ [ko] ココ コココ

＊咖啡：□ーヒー

P1-04

さ行

さ [sa] さ さ さ さ さ

＊盤子：□ら

サ [sa] サ サ サ サ サ

＊服務：□ービス

し [shi] し し し し し

＊比賽：□あい

シ [shi] シ シ シ シ シ

＊海鮮：□ーフード

す [su] す す す す す

＊壽司：□し

ス [su] ス ス ス ス ス

＊超市：□ーパー

せ [se] せ せ せ せ せ

＊世界：□かい

セ [se] セ セ セ セ セ

＊大減價：□ール

そ [so] そ そ そ そ そ

＊清掃：□うじ

ソ [so] ソ ソ ソ ソ ソ

＊香腸：□ーセージ

P1-05

た行

た [ta]

＊寶物：□から

タ [ta]

＊香菸：□バコ

ち [chi]

＊灰塵、塵埃：□り

チ [chi]

＊雞肉：□キン

つ [tsu]

＊桌子：□くえ

ツ [tsu]

＊雙人房：□インルーム

て [te]

＊信：□がみ

テ [te]

＊桌子：□ーブル

と [to]

＊朋友：□もだち

ト [to]

＊廁所：□イレ

P1-06

な行

な [na] な な な な な

ナ [na] ナ ナ ナ ナ ナ

＊夏天：□つ

＊餐巾：□プキン

に [ni] に に に に に

ニ [ni] ニ ニ ニ ニ ニ

＊行李：□もつ

＊卡通：ア□メ

ぬ [nu] ぬ ぬ ぬ ぬ ぬ

ヌ [nu] ヌ ヌ ヌ ヌ ヌ

＊脫（衣服）：□ぐ

＊裸體：□ード

ね [ne] ね ね ね ね ね

ネ [ne] ネ ネ ネ ネ ネ

＊發燒：□つ

＊領帶：□クタイ

の [no] の の の の の

ノ [no] ノ ノ ノ ノ ノ

＊喝：□む

＊筆記本：□ート

P1-07

は行

は [ha]

はは ははは

＊花：□な

ハ [ha]

ハハ ハハハ

＊心：□ート

ひ [hi]

ひひ ひひひ

＊光、燈光：□かり

ヒ [hi]

ヒヒ ヒヒヒ

＊電暖器：□ーター

ふ [fu]

ふふ ふふふ

＊鉛筆盒：□でいれ

フ [fu]

フフ フフフ

＊水果：□ルーツ

へ [he]

へへ へへへ

＊房間：□や

ヘ [he]

ヘヘ ヘヘヘ

＊頭髮：□ア

ほ [ho]

ほほ ほほほ

＊臉頰、臉蛋：□お

ホ [ho]

ホホ ホホホ

＊飯店：□テル

P1-08

ま行

ま [ma]

ま ま ま ま ま

＊窗戶：□ど

マ [ma]

マ マ マ マ マ

＊超市：□ート

み [mi]

み み み み み

＊水：□ず

ミ [mi]

ミ ミ ミ ミ ミ

＊肉醬：□ートソース

む [mu]

む む む む む

＊對面：□こう

ム [mu]

ム ム ム ム ム

＊氣氛：□ード

め [me]

め め め め め

＊眼藥水：□ぐすり

メ [me]

メ メ メ メ メ

＊製造商：□ーカー

も [mo]

も も も も も

＊桃子：□□

モ [mo]

モ モ モ モ モ

＊模特兒：□デル

P1-09

や行

や [ya]

ヤ [ya]

＊山：　ま

＊耳機：イ　ホン

ゆ [yu]

ユ [yu]

＊夢：　め

＊青年旅館：　ースホステル

よ [yo]

ヨ [yo]

＊唸：　む

＊養樂多：　ーグルト

P1-10

ら行

ら [ra] らら ららら

ラ [ra] ララ ラララ

＊鯨魚：くじ□

＊拉麵：□ーメン

り [ri] りり りりり

リ [ri] リリ リリリ

＊螞蟻：あ□

＊調查：□サーチ

る [ru] るる るるる

ル [ru] ルル ルルル

＊看家：□す

＊客房服務：□ームサービス

れ [re] れれ れれれ

レ [re] レレ レレレ

＊冰箱：□いぞうこ

＊食譜：□シピ

ろ [ro] ろろ ろろろ

ロ [ro] ロロ ロロロ

＊露天浴室：□てんぶろ

＊玫瑰：□ーズ

P1-11

わ行

わ [wa] わ わ わ わ わ

＊我：□たし

ワ [wa] ワ ワ ワ ワ ワ

＊妻子：□イフ

を [o] を を を を を

＊及物助詞，表示「及物動詞的動作對象」

ヲ [o] ヲ ヲ ヲ ヲ ヲ

ん [n] ん ん ん ん ん

＊手提包、包包：かば□

ン [n] ン ン ン ン ン

＊麵包：パ□

P1-12

だくおん
濁音 濁音

が [ga]	が	が	が	が	が

＊畫面：☐めん

ガ [ga]	ガ	ガ	ガ	ガ	ガ

＊嚮導：☐イド

ぎ [gi]	ぎ	ぎ	ぎ	ぎ	ぎ

＊飯糰：おに☐り

ギ [gi]	ギ	ギ	ギ	ギ	ギ

＊吉他：☐ター

ぐ [gu]	ぐ	ぐ	ぐ	ぐ	ぐ

＊游泳：およ☐

グ [gu]	グ	グ	グ	グ	グ

＊玻璃杯、玻璃：☐ラス

げ [ge]	げ	げ	げ	げ	げ

＊禮物：おみや☐

ゲ [ge]	ゲ	ゲ	ゲ	ゲ	ゲ

＊遊戲：☐ーム

ご [go]	ご	ご	ご	ご	ご

＊合格：☐うかく

ゴ [go]	ゴ	ゴ	ゴ	ゴ	ゴ

＊橡膠：☐ム

ざ [za] ざ ざ ざ ざ ざ

＊竹筐：□る

じ [ji] じ じ じ じ じ

＊字典：□しょ

ず [zu] ず ず ず ず ず

＊杏：あん□

ぜ [ze] ぜ ぜ ぜ ぜ ぜ

＊奢華：□いたく

ぞ [zo] ぞ ぞ ぞ ぞ ぞ

＊大象：□う

ザ [za] ザ ザ ザ ザ ザ

＊簽證：ビ□

ジ [ji] ジ ジ ジ ジ ジ

＊柳橙：オレン□

ズ [zu] ズ ズ ズ ズ ズ

＊褲子：□ボン

ゼ [ze] ゼ ゼ ゼ ゼ ゼ

＊宙斯：□ウス

ゾ [zo] ゾ ゾ ゾ ゾ ゾ

＊渡假勝地：リ□ート

だ [da] だ だ だ だ だ

＊身體：から □

ダ [da] ダ ダ ダ ダ ダ

＊鑽石：□ イヤモンド

ぢ [ji] ぢ ぢ ぢ ぢ ぢ

＊鼻血：はな □

ヂ [ji] ヂ ヂ ヂ ヂ ヂ

＊韓式煎餅：チ □ ミ

づ [zu] づ づ づ づ づ

＊手工、用手製作：て □ くり

ヅ [zu] ヅ ヅ ヅ ヅ ヅ

で [de] で で で で で

＊手腕：う □

デ [de] デ デ デ デ デ

＊約會：□ ート

ど [do] ど ど ど ど ど

＊哪裡：□ こ

ド [do] ド ド ド ド ド

＊門：□ ア

ば [ba]

ば ば ば ば ば

＊玫瑰：□ら

び [bi]

び び び び び

＊蝦子：え□

ぶ [bu]

ぶ ぶ ぶ ぶ ぶ

＊豬：□た

べ [be]

べ べ べ べ べ

＊牆壁：か□

ぼ [bo]

ぼ ぼ ぼ ぼ ぼ

＊帽子：□うし

バ [ba]

バ バ バ バ バ

＊打工：□イト

ビ [bi]

ビ ビ ビ ビ ビ

＊啤酒：□ール

ブ [bu]

ブ ブ ブ ブ ブ

＊俱樂部：クラ□

ベ [be]

ベ ベ ベ ベ ベ

＊電鈴、鈴聲：□ル

ボ [bo]

ボ ボ ボ ボ ボ

＊紐扣、按紐：□タン

P1-13

はんだくおん
半濁音 半濁音

ぱ [pa] ぱ ぱ ぱ ぱ ぱ

＊ 菓子：はっ□

パ [pa] パ パ パ パ パ

＊ 公寓：ア□ート

ぴ [pi] ぴ ぴ ぴ ぴ ぴ

＊ 神秘：しん□

ピ [pi] ピ ピ ピ ピ ピ

＊ 披薩：□ザ

ぷ [pu] ぷ ぷ ぷ ぷ ぷ

＊ 豐滿：□り□り

プ [pu] プ プ プ プ プ

＊ 禮物：□レゼント

ぺ [pe] ぺ ぺ ぺ ぺ ぺ

＊ 吐舌頭：□ろり

ペ [pe] ペ ペ ペ ペ ペ

＊ 油漆：□イント

ぽ [po] ぽ ぽ ぽ ぽ ぽ

＊ 暖和地：□か□か

ポ [po] ポ ポ ポ ポ ポ

＊ 信箱：□スト

P1-14

拗音（ようおん） 拗音

きゃ [kya] きゃ きゃ きゃ きゃ きゃ

キャ [kya] キャ キャ キャ キャ キャ

きゅ [kyu] きゅ きゅ きゅ きゅ きゅ

キュ [kyu] キュ キュ キュ キュ キュ

きょ [kyo] きょ きょ きょ きょ きょ

キョ [kyo] キョ キョ キョ キョ キョ

ぎゃ [gya] ぎゃ ぎゃ ぎゃ ぎゃ ぎゃ

ギャ [gya] ギャ ギャ ギャ ギャ ギャ

ぎゅ [gyu] ぎゅ ぎゅ ぎゅ ぎゅ ぎゅ

ギュ [gyu] ギュ ギュ ギュ ギュ ギュ

ぎょ [gyo] ぎょ ぎょ ぎょ ぎょ ぎょ

ギョ [gyo] ギョ ギョ ギョ ギョ ギョ

しゃ [sha]	しゃしゃ しゃ しゃ しゃ	シャ [sha]	シャシャ シャ シャ シャ
しゅ [shu]	しゅしゅ しゅ しゅ しゅ	シュ [shu]	シュシュ シュ シュ シュ
しょ [sho]	しょしょ しょ しょ しょ	ショ [sho]	ショショ ショ ショ ショ
じゃ [ja]	じゃじゃ じゃ じゃ じゃ	ジャ [ja]	ジャジャ ジャ ジャ ジャ
じゅ [ju]	じゅじゅ じゅ じゅ じゅ	ジュ [ju]	ジュジュ ジュ ジュ ジュ
じょ [jo]	じょじょ じょ じょ じょ	ジョ [jo]	ジョジョ ジョ ジョ ジョ

ちゃ [cha] ちゃ ちゃ ちゃ ちゃ ちゃ

チャ [cha] チャ チャ チャ チャ チャ

ちゅ [chu] ちゅ ちゅ ちゅ ちゅ ちゅ

チュ [chu] チュ チュ チュ チュ チュ

ちょ [cho] ちょ ちょ ちょ ちょ ちょ

チョ [cho] チョ チョ チョ チョ チョ

にゃ [nya] にゃ にゃ にゃ にゃ にゃ

ニャ [nya] ニャ ニャ ニャ ニャ ニャ

にゅ [nyu] にゅ にゅ にゅ にゅ にゅ

ニュ [nyu] ニュ ニュ ニュ ニュ ニュ

にょ [nyo] にょ にょ にょ にょ にょ

ニョ [nyo] ニョ ニョ ニョ ニョ ニョ

ひゃ [hya]	ひゃ ひゃ ひゃ ひゃ ひゃ	ヒャ [hya]	ヒャ ヒャ ヒャ ヒャ ヒャ
ひゅ [hyu]	ひゅ ひゅ ひゅ ひゅ ひゅ	ヒュ [hyu]	ヒュ ヒュ ヒュ ヒュ ヒュ
ひょ [hyo]	ひょ ひょ ひょ ひょ ひょ	ヒョ [hyo]	ヒョ ヒョ ヒョ ヒョ ヒョ
びゃ [bya]	びゃ びゃ びゃ びゃ びゃ	ビャ [bya]	ビャ ビャ ビャ ビャ ビャ
びゅ [byu]	びゅ びゅ びゅ びゅ びゅ	ビュ [byu]	ビュ ビュ ビュ ビュ ビュ
びょ [byo]	びょ びょ びょ びょ びょ	ビョ [byo]	ビョ ビョ ビョ ビョ ビョ

ぴゃ [pya] ぴゃぴゃぴゃぴゃぴゃ

ピャ [pya] ピャピャピャピャピャ

ぴゅ [pyu] ぴゅぴゅぴゅぴゅぴゅ

ピュ [pyu] ピュピュピュピュピュ

ぴょ [pyo] ぴょぴょぴょぴょぴょ

ピョ [pyo] ピョピョピョピョピョ

みゃ [mya]	みゃみゃ みゃ みゃ みゃ		ミャ [mya]	ミャミャ ミャ ミャ ミャ
みゅ [myu]	みゅみゅ みゅ みゅ みゅ		ミュ [myu]	ミュミュ ミュ ミュ ミュ
みょ [myo]	みょみょ みょ みょ みょ		ミョ [myo]	ミョミョ ミョ ミョ ミョ
りゃ [rya]	りゃりゃ りゃ りゃ りゃ		リャ [rya]	リャリャ リャ リャ リャ
りゅ [ryu]	りゅりゅ りゅ りゅ りゅ		リュ [ryu]	リュリュ リュ リュ リュ
りょ [ryo]	りょりょ りょ りょ りょ		リョ [ryo]	リョリョ リョ リョ リョ

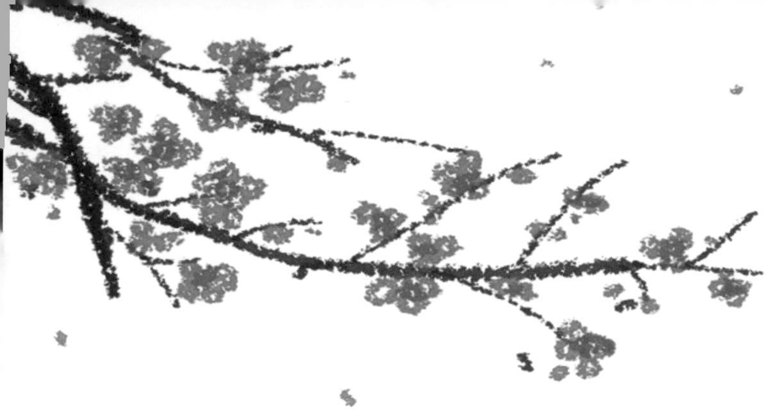

Part 2
日語基礎文法整理

01 打招呼

見面時的招呼用語

P2-01

- **おはようございます。** 早安。（早上的問候語）
- **こんにちは。** 您好。你好。（白天碰到時的問候語）
- **こんばんは。** 晚安。（晚上的問候語）

＊日語中早上、白天、晚上碰到時的問候語都是不同的。

＊跟交情較好的親友或鄰居問候時，可以將「おはようございます」省略為「おはよう」來表現。

＊「こんにちは」、「こんばんは」中的「は」，這時讀音為[wa]，而不是[ha]。

睡前的招呼用語

P2-02

- **お休(やす)みなさい。** 晚安。

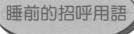

＊對象為關係較好的親友時，也可以將「お休(やす)みなさい」省略為「お休(やす)み」使用，這樣會顯得較為親切。

P2-03

道別時的招呼用語

- さよ（う）なら。　再見。
- では、また。　（那麼）再見。
- また。　（下一次）再見。
- じゃ。　（那麼，先這樣）再見。
- じゃね。　（那麼）再見啦！
- バイバイ。　拜拜。

＊道別時最常使用的招呼用語為「さよ（う）なら」。日常生活中也會常聽到「では、また」「では」「また」「じゃ」這幾種用法。

＊如果對象關係較好的話，主要是以「じゃね」跟「バイバイ」這兩種說法。

＊如果預計下次見面會是很久後的事，這時說「さよ（う）なら」比較合適。

さよなら。
再見。

P2-04

道謝及道歉時的用語

ありがとうございます。	謝謝。
どうも、ありがとうございます。	非常感謝。
すみません。	對不起。／失禮了。／謝謝。
どうも、すみません。	很抱歉。
ごめんなさい。	對不起。
ごめん。	對不起。

＊跟交情較好的親友或與鄰居交談時可以將「ありがとうございます」省略為「ありがとう」使用。

＊「どうも」接在感謝及道歉的用語前，意為「非常…、很…」。單獨使用時也可以表示「謝謝」、「抱歉」之意。

＊「すみません」表示「對不起」。除此之外還表示「謝謝」、「失禮」、「麻煩你（您）了」之意。

＊如果關係親密，可以將「ごめんなさい」省略為「ごめん（對不起）」或進行反複使用「ごめん ごめん（對不起 對不起）」。

ありがとうございます。
謝謝。

這是**おまけ**
贈品。

P2-05

訪問、招待客人時的用語

◎ 失礼（しつれい）します。	失禮了。
◎ お邪魔（じゃま）します。	打擾了。
◎ ごめんください。	對不起，請問一下…
◎ いらっしゃい。	歡迎光臨。
◎ どうぞ、お上（あ）がりください。	請進（請上來）。

＊「失礼（しつれい）します」、「お邪魔（じゃま）します」是敲門後要進入或任何可能打擾到他人的場合時先表達歉意的用語。

＊「ごめんください」表示「對不起，請問一下…」或「有人在嗎？」，是問候房內主人的用語（或要對別人發話時，先表示歉意的用語）。亦可用「すみません（失禮了）」表示。

＊「いらっしゃい」是主人對客人使用的招呼用語。「いらっしゃいませ」也是一樣，但語氣較慎重，所以一走進日本店家會常常聽到。

いらっしゃい。
歡迎光臨。

どうぞ、お上（あ）がりください。
請進。

P2-06

初次見面時的招呼用語

A はじめまして。私は金です。

初次見面，我姓金。

B はじめまして。田中です。

初次見面，我姓田中。

どうぞ、よろしくお願いします。

請多指教。

A こちらこそ、よろしくお願いします。

彼此彼此，請多指教。

＊以上是初次見面時必備的打招呼用語，記下來準沒錯。

＊「どうぞ、よろしくお願いします」也可以只說「よろしくお願いします」，與同輩或晚輩談話時可以只說「よろしく」就好。

波可
はじめまして。
初次見面。
我知道這麼說很失禮，但是我真的喜歡上你了。

P2-07

用餐時的招呼用語

- いただきます。　我開動了。
- ごちそうさまでした。　多謝您的招待。

＊飯前禮貌性告知開動的用語為「いただきます」，飯後表現感謝的用語為「ごちそうさまでした」。

＊「ごちそうさまでした」也可以省略只說「ごちそうさま」即可。

いただきます。
我開動啦。

P2-08

外出時的招呼用語

- 行(い)ってきます。　我出門囉。
- 行(い)ってらっしゃい。　路上好走。

＊「行(い)ってきます」要說的再慎重點可說「行(い)って参(まい)ります」。要講得比較親切點時可說「行(い)ってくる」。

P2-09

返回時的招呼用語

- ただいま。　我回來了。
- おかえりなさい。　歡迎回來（你回來啦！）。

＊「おかえりなさい」要講得親切點時，可說「おかえり」。

02 基本句型

P2-10

常體

●●は▲▲▲だ。　　●●是▲▲▲。

＊這是最基本的日語句型。

＊「は」是相當於「是～」的助詞。「は」充當助詞時讀音為 [wa]，而不是 [ha]。

＊「だ」是表示斷定的助動詞，也近似「是～」的意思（は跟だ常常一起搭配出現，共同表達出「～是～」之意）。這是常體表現，不算熟的陌生人請以「です」表現。

否定形

●●は▲▲▲では（じゃ）ない。　　●●不是▲▲▲。

要表達「不是～」時，將「だ」改成「～ではない」即可。

「では」可以簡化為「じゃ」。「じゃ」是口語體。

過去式

●●は▲▲▲だった。　　●●是▲▲▲。

要表達「是～」過去式時，將「だ」改成「だった」即可。

過去否定形

●●は▲▲▲では（じゃ）なかった。 ●●不是▲▲▲。

要表達「不是～」的過去否定形時，將「だ」改成「ではなかった」即可。一樣，「じゃ」是口語體。

P2-11

敬體

●●は▲▲▲です。 ●●是▲▲▲。

＊「●●は▲▲▲です」是「●●は▲▲▲だ」的敬體表現（對不熟的人使用）。

＊要表達「是～」較敬意的口吻時，將「だ」改成「です」即可。

敬體的否定形

●●は▲▲▲では（じゃ）ありません。
●●は▲▲▲では（じゃ）ないです。 ●●不是▲▲▲。

要表達「不是～」的敬體時，將「です」改成「ではありません」或「ではないです」即可。一樣「では」可以簡化為「じゃ」，對話中也比較常聽到「じゃないです」。

敬體的過去式

●●は▲▲▲でした。 ●●曾是▲▲▲。

要表達「是～」的敬體過去式時，將「です」改成「でした」即可。

敬體的過去否定形

●●は▲▲▲では(じゃ)ありませんでした。
●●は▲▲▲では(じゃ)なかったです。 ●●不是▲▲▲。

要表達「不是～」敬體的過去式否定形時，將「です」改成「ではありませんでした」或「ではなかったです」即可。一樣，「では」可以簡化為「じゃ」，對話中也比較常聽到「じゃなかったです」。

P2-12

名詞的種類

名詞是指表示人、事、物名稱的詞性。名詞分為代名詞、固有名詞、普通名詞、數詞、複合名詞等。

下面我們瞭解一下代名詞、固有名詞、數詞。

(1) 代名詞

P2-13

人稱代名詞

● 第一人稱

私（わたし） 我　**私**（わたくし） 我（自謙）　**私**（あたし） 我（一般女性使用）

僕（ぼく） 我（男性對親友的自稱，女生用會給人有小太妹的感覺）

俺（おれ） 我（男性對親友的自稱，語氣較為粗暴）

● 第二人稱

あなた 你、親愛的　**君**（きみ） 你（只適用於同輩以下及熟人）

おまえ 你（男性對親友的稱呼，語氣比較粗暴）

● 第三人稱

彼（かれ） 男朋友、（第三人稱男性的）他　**彼女**（かのじょ） 女朋友、（第三人稱女性的）她

Tip

表示「你、老公」的「あなた」，一般不用於長輩或已知對方姓名的人。在日本通常都是直呼對方的姓、名再加「～さん（～先生／小姐）」、或稱呼其職稱。

指示代名詞

	近稱	中稱（距說話者較遠）	遠稱（距兩者都遠）	疑問詞
事物	これ 這個	それ 那個	あれ 那個	どれ 哪個
場所	ここ 這裡	そこ 那裡	あそこ 那裡	どこ 哪裡
方向	こちら 這邊	そちら 那邊	あちら 那邊	どちら 哪邊

(2) 固有名詞 P2-14

表示國家的名稱、人名、地名等等。

韓國（かんこく） 韓國　**日本**（にほん） 日本　**台湾**（たいわん） 台灣　**ソウル** 首爾　**東京**（とうきょう） 東京　**台北**（タイペイ） 台北

金（キム） 金（韓國的姓氏）　**田中**（たなか） 田中（日本的姓氏）　**陳**（チン） 陳（台灣的姓氏）

(3) 數詞 P2-15

從1～10

いち 一	に 二	さん 三	よん/し/よ 四	ご 五
1	2	3	4	5
ろく 六	なな/しち 七	はち 八	きゅう/く 九	じゅう 十
6	7	8	9	10

從一個～十個

P2-16

ひと 一つ	ふた 二つ	みっ 三つ	よっ 四つ	いつ 五つ
一個	兩個	三個	四個	五個
むっ 六つ	なな 七つ	やっ 八つ	ここの 九つ	とお 十
六個	七個	八個	九個	十個

需要瞭解的數詞

P2-17

	人員（～名）	層數（～層）	平片狀物品	細長物
1	ひとり 一人	いっかい 一階	いちまい 一枚	いっぽん 一本
2	ふたり 二人	に かい 二階	に まい 二枚	に ほん 二本
3	さんにん 三人	さんがい 三階	さんまい 三枚	さんぼん 三本
4	よ にん 四人	よんかい 四階	よんまい 四枚	よんほん 四本
5	ご にん 五人	ご かい 五階	ご まい 五枚	ご ほん 五本
6	ろくにん 六人	ろっかい 六階	ろくまい 六枚	ろっぽん 六本
7	ななにん 七人	ななかい 七階	ななまい 七枚	ななほん 七本
8	はちにん 八人	はっかい 八階	はちまい 八枚	はっぽん 八本
9	きゅうにん 九人	きゅうかい 九階	きゅうまい 九枚	きゅうほん 九本
10	じゅうにん 十人	じゅっかい 十階	じゅうまい 十枚	じゅっぽん 十本

＊平片狀物品及細長物的計量單位與中文的概念明顯不同，故老師講解時不唸中文、以免造成混淆。

日期的表現

P2-18

月

いちがつ 一月 1月	に がつ 二月 2月	さんがつ 三月 3月
し がつ 四月 4月	ご がつ 五月 5月	ろくがつ 六月 6月
しちがつ 七月 7月	はちがつ 八月 8月	く がつ 九月 9月
じゅうがつ 十月 10月	じゅういちがつ 十一月 11月	じゅう に がつ 十二月 12月

日期的表現

P2-19

日

ついたち	一日	1日（號）
ふつか	二日	2日（號）
みっか	三日	3日（號）
よっか	四日	4日（號）
いつか	五日	5日（號）
むいか	六日	6日（號）
なのか	七日	7日（號）
ようか	八日	8日（號）
ここのか	九日	9日（號）
とおか	十日	10日（號）
じゅういちにち	十一日	11日（號）
じゅう に にち	十二日	12日（號）
じゅうさんにち	十三日	13日（號）
じゅう よっか	十四日	14日（號）
じゅう ご にち	十五日	15日（號）
じゅうろくにち	十六日	16日（號）
じゅうしちにち	十七日	17日（號）
じゅうはちにち	十八日	18日（號）
じゅう く にち	十九日	19日（號）
はつか	二十日	20日（號）
に じゅういちにち	二十一日	21日（號）
に じゅう に にち	二十二日	22日（號）
に じゅうさんにち	二十三日	23日（號）
に じゅう よっか	二十四日	24日（號）
に じゅう ご にち	二十五日	25日（號）
に じゅうろくにち	二十六日	26日（號）
に じゅうしちにち	二十七日	27日（號）
に じゅうはちにち	二十八日	28日（號）
に じゅう く にち	二十九日	29日（號）
さんじゅうにち	三十日	30日（號）

星期

P2-21

げつよう び	月曜日	星期一
か よう び	火曜日	星期二
すいよう び	水曜日	星期三
もくよう び	木曜日	星期四
きんよう び	金曜日	星期五
ど よう び	土曜日	星期六
にちよう び	日曜日	星期日

時間的表現

P2-21

小時

いちじ	にじ	さんじ	よじ	ごじ	ろくじ
一時	二時	三時	四時	五時	六時
1點	2點	3點	4點	5點	6點
しちじ	はちじ	くじ	じゅうじ	じゅういちじ	じゅうにじ
七時	八時	九時	十時	十一時	十二時
7點	8點	9點	10點	11點	12點

分

P2-22

いっぷん	にふん	さんぷん	よんぷん	ごふん
一分	二分	三分	四分	五分
1分	2分	3分	4分	5分
ろっぷん	ななふん	はっぷん	きゅうふん	じゅっぷん
六分	七分	八分	九分	十分
6分	7分	8分	9分	10分

にじゅっぷん 二十分	20分	さんじゅっぷん 三十分	30分
よんじゅっぷん 四十分	40分	ごじゅっぷん 五十分	50分
ろくじゅっぷん 六十分	60分		

● 基本句型應用實例

P2-23

Ⓐ お名前(なまえ)は。	請問貴姓？
Ⓑ 田中(たなか)です。	我姓田中。

Ⓐ おいくつですか。	請問幾歲？
Ⓑ 二十歳(はたち)です。	20歲。

＊「～です（是～）」後接疑問助詞「か」時，就變成疑問句「～ですか（是～嗎？）」。

＊「おいくつですか」是問「幾歲」的疑問句。

＊「二十歳」的唸法為「はたち」。唸法特別，請務必注意。

Ⓐ それはなに?	那個是什麼？
Ⓑ これ?新(あたら)しいケイタイ。	這個嗎？是新款手機。

＊與好友對話時通常不使用疑問助詞「か」，只將語尾的音上揚形成疑問句。

＊日語通常不使用標點符號的「？」。上述例句是為了表示疑問句而使用了問號「？」。

Ⓐ これはいくらですか。	這個多少錢？
Ⓑ 2000円(えん)です。	2000日元。

＊「いくらですか」是詢問價格時的疑問句。

Ⓐ 「牙刷」は日本語(にほんご)で何(なん)ですか。　「牙刷」用日語怎麼說呢？

Ⓑ 「歯(は)ブラシ」です。　牙刷叫「歯ブラシ」。

＊「牙刷」為「歯(は)ブラシ」、「牙膏」為「歯磨(はみが)き粉(こ)」。

Ⓐ この人(ひと)は誰(だれ)ですか。　這個人是誰？

Ⓑ 彼氏(かれし)です。　是我男朋友。

＊「誰(だれ)」是疑問詞，「誰」的意思。

＊「誰(だれ)ですか」較禮貌的問法為「どなたですか」。

＊「彼氏(かれし)」表示「男朋友」、「彼女(かのじょ)」表示「女朋友」。

Ⓐ きのうは何日(なんにち)でしたか。　昨天是幾號？

Ⓑ 二日(ふつか)でした。　是2號。

＊「です」的過去式為「でした」，「でした」再加「か」後形成「～でしたか（已是～嗎？）」。

Ⓐ お誕生日(たんじょうび)は何月何日(なんがつなんにち)ですか。　生日是幾月幾號？

Ⓑ 七月二十日(しちがつはつか)です。　是7月20日。

＊「二十日（20日）」唸成「はつか」，「二十歳（20歳）」唸成「はたち」。兩個都是特別發音，請特別記下來。

03 助詞

P2-24

★ ～は ～是	私(わたし)は大学生(だいがくせい)です。 我是大學生。 「は」作為助詞時發音為 [wa]。
★ ～を 把～	ご飯(はん)を食(た)べます。 吃飯。
★ ～が ～是	猫(ねこ)がいます。 有貓。
★ ～の ～的	私(わたし)のカバン。 我的手提包。
★ ～も ～也	あなたもありますか。 你也有嗎？
★ ～に （時間）在、（場所）在、（人）在～	七時(しちじ)に起(お)きました。 （在）七點起床的。
★ ～へ 向～（方向）	学校(がっこう)へ行(い)きます。（朝著學校的方向）朝著學校去。 「へ」作為助詞時發音為 [e]。
★ ～で 用～、在～	公園(こうえん)で会(あ)います。 在公園見面。
★ ～から （時間、場所）從～	授業(じゅぎょう)は九時(くじ)からです。 上課從九點開始。
★ ～まで （時間、場所）到～	何時(なんじ)までですか。 到幾點呢？
★ ～しか…否定形 只有～	これしかない。 只有這個。

終助詞

P2-25

接續在句子尾端，表示疑問、禁止、感嘆、感動等語氣。

★ **～か** ～嗎？（疑問）　**今**（いま）**、何時**（なんじ）**ですか。** 現在幾點？

★ **～な** ～不要（禁止）、不許　**話**（はな）**すな。** 不要談論。

★ **～な** ～啊　**これ、おいしいな。** 這個，真好吃啊。

★ **～よ** 向對方表達自己意志　**今**（いま）**、行**（い）**くよ。**（說話表示要去）現在走吧。

★ **～ね** ～吧（爭取對方認同）　**いい天気**（てんき）**ですね。** 天氣很好，對吧？!

Tip

「ね」除此之外還有「感嘆」的涵義，所以要依前文的表現來判斷出它確切的意思。

注意！

助詞「の」其它用法

① 名詞修飾名詞用，例：私（わたし）の本（ほん）。我的書。

② 所有格，例：私（わたし）のです。是我的。

③ 同位語，例：ペットの猫（ねこ）はペルシャです。我的寵物貓是波斯貓。

④ 與助詞「が」同義的「の」。例：私（わたし）がしたこと＝私（わたし）のしたこと 我做的事。

⑤ 代名詞，例：行（い）くのは誰（だれ）ですか。是誰要去呢？

04 形容詞及形容動詞

❶ 形容詞

首先看形容詞。

P2-26

常體

おいしい。 好吃。
語尾都以「い」結尾。

おいし い
語幹 語尾

否定形

おいしくない。 不好吃。
將語尾「い」改為「くない」。

おいし い → くない

過去式

おいしかった。 好吃。
將語尾「い」改為「かった」。

おいし い → かった

過去否定形

おいしくなかった。 不好吃。
將語尾「い」改為「くなかった」。

おいし い → くなかった

連用形

おいしくて 好吃
將語尾「い」改為「くて」。

おいし い → くて

P2-27

敬體

おいしいです。 好吃。

語尾接「～です（是～）」。

おいしい + です

敬體的否定形

おいしくありません。 不好吃。
おいしくないです。

將語尾「い」改為「くありません」或「くないです」。

おいし**い** → くありません / くないです

「くないです」是否定形「～くない」接「～です（是～）」後形成的。

敬體的過去式

おいしかったです。 好吃。

將語尾「い」改為「かったです」。

おいし**い** → かったです

敬體的過去否定形

おいしくなかったです。 不好吃。

將語尾「い」改為「くなかったです」。

おいし**い** → くなかったです

修飾名詞

おいしいパン 好吃的麵包

常體直接接名詞即可。

おいしい + 名詞

一定用得到的形容詞

P2-28

□ 高(たか)い（價格）貴的	□ 安(やす)い（價格）便宜的
□ 高(たか)い（高度）高的	□ 低(ひく)い（高度）低的
□ 深(ふか)い 深的	□ 浅(あさ)い 淺的
□ 濃(こ)い（味道、濃度）濃的	□ 薄(うす)い（味道）淡的
□ 暑(あつ)い 熱的	□ 寒(さむ)い 冷的
□ 熱(あつ)い 燙的	□ 冷(つめ)たい 冷的
□ 厚(あつ)い 厚的	□ 薄(うす)い 薄的
□ 暖(あたた)かい 溫暖的	□ 涼(すず)しい 涼快的
□ 広(ひろ)い 寬廣的	□ 狭(せま)い 狹窄的
□ 明(あか)るい 亮的	□ 暗(くら)い 暗的
□ 新(あたら)しい 新的、嶄新的	□ 古(ふる)い 舊的、古老的
□ 大(おお)きい 大的	□ 小(ちい)さい 小的
□ 多(おお)い 多的	□ 少(すく)ない 少的
□ 重(おも)い 重的	□ 軽(かる)い 輕的
□ 強(つよ)い 強的	□ 弱(よわ)い 弱的
□ 長(なが)い 長的	□ 短(みじか)い 短的
□ 太(ふと)い 粗的	□ 細(ほそ)い 細的
□ 速(はや)い 快的	□ 遅(おそ)い 慢的
□ 遠(とお)い 遠的	□ 近(ちか)い 近的
□ いい 好的	□ 悪(わる)い 壞的

□ おいしい 好吃的

□ おもしろい 有趣的

□ 難(むずか)しい 難的

□ 忙(いそが)しい 忙的

□ 危(あぶ)ない 危險的

□ 美(うつく)しい 美麗的

□ 厳(きび)しい 嚴厲的

□ 詳(くわ)しい 詳細的

□ 怖(こわ)い 害怕的

□ おかしい 奇怪的

□ うまい 好吃的、優秀的

□ 偉(えら)い 偉大的

□ 眠(ねむ)い 睏的

□ ひどい 過分的、惡毒的

□ 甘(あま)い 甜的

□ しょっぱい 鹹的

□ 辛(から)い 辣的

□ 赤(あか)い 紅的

□ 黄色(きいろ)い 黃的

□ 黒(くろ)い 黑的

□ まずい 難吃的

□ つまらない 無趣的、無聊的

□ 易(やさ)しい 簡單的、容易的

□ 楽(たの)しい 快樂的

□ 痛(いた)い 痛的

□ かわいい 可愛的

□ 寂(さび)しい 寂寞的、孤單的

□ うるさい 吵雜的、煩人的

□ かゆい 癢的

□ きつい （衣鞋）緊的、艱苦的

□ 嬉(うれ)しい 開心的

□ 珍(めずら)しい 珍貴的、少見的

□ 丸(まる)い 圓的

□ 臭(くさ)い （味道）臭的

□ 苦(にが)い （口感）苦的

□ 渋(しぶ)い 澀的

□ 酸(す)っぱい 酸的

□ 青(あお)い 藍的、綠的

□ 茶色(ちゃいろ)い 茶色的

□ 白(しろ)い 白的

● 形容詞應用實例

P2-29

A 味(あじ)はどうですか。 味道如何？

B おいしいです。 好吃。

＊「おいしいです」是「おいしい」接「です」後形成的敬體。

A そのまんが、おもしろい？ 那漫畫有趣嗎？

B ううん、あまりおもしろくない。 不，並不是很有趣。

＊ 與親友對話時，可以將常體句尾音調提高變成疑問句即可。

＊「ううん」要比「いいえ」更為親切，是與親友對話時使用的一種否定應答聲。

＊「おもしろくない」是將「おもしろい」的語尾「い」改為「くない」後形成的否定句。

A きょうはあついですね。 今天好熱啊。

B そうですね。 是啊。

＊「あついです」是「あつい」接「です」後形成的敬體。

＊「ね」為終助詞，第一句是確認對方是否認同，第二句是認同的意思！

A あの赤(あか)い靴(くつ)をください。 請給我紅色的鞋子。

B はい、どうぞ。 好的，請。

＊形容詞修飾名詞時，直接接續名詞。

赤(あか)い 紅 + 靴(くつ) 皮鞋→赤(あか)い靴(くつ) 紅色皮鞋

A 昨日(きのう)の映画(えいが)、どうでしたか。 昨天的電影如何？

B おもしろかったです。 很有趣。

＊「おもしろかったです」是「おもしろい」的語尾「い」改為「かったです」後形成敬體過去式的句子。

A あの丸(まる)くて白(しろ)いカバン、かわいい。 那個圓形白色的包包真可愛。

B 本当(ほんとう)だ。 真的耶。

＊「丸(まる)い」的語尾「い」改為「くて」，除了表示原意之外，可以再續接其它形容詞。

A きのうのテストは、難(むずか)しかったですか。 昨天的考試難嗎？

B いいえ、難(むずか)しくなかったです。 不，不困難。

易(やさ)しかったです。 很簡單。

＊「難(むずか)しかったですか」是「難(むずか)しい」的過去式「難(むずか)しかったです」後接疑問助詞「か」，形成的疑問句。

＊「難(むずか)しくなかったです」是敬體的過去否定形。

＊「易(やさ)しかったです」是「易(やさ)しい」的敬體過去式。

❷ 形容動詞

形容動詞的活用語尾為「だ」，平時以不含「だ」的語幹部份（字典形）呈現。

形容動詞要修飾名詞時將「だ」改為「な」（即語幹直接加上な），接著詳細瞭解一下形容動詞的修飾方法和種類吧。

P2-30

常體

きれいだ。 漂亮

きれい だ
語幹(字典形) 語尾

字典形為「きれい（漂亮、乾淨）」。

這裡，接「～だ （是～）」後表示「（是）漂亮（的）、（是）乾淨（的）」。

否定形

きれいでは（じゃ）ない。 不漂亮。

將語尾的「だ」改成「ではない」，意思則變成「不～；沒有～」的否定形。「では」可以簡化為「じゃ」。

形容動詞的性質與名詞相似，接續的方法也有很雷同之處。

きれい＋ではない

過去式

きれいだった。 以前很漂亮。

將語尾的「だ」改成「だった」，意思則變成「曾是…」的過去形。

きれい＋だった

過去否定形

きれいでは（じゃ）なかった。 不漂亮了。

將語尾的「だ」改成「ではなかった」，意思則變成「不曾…」或「（已不）…了」的過去否定形。

きれい＋ではなかった

連用形

きれいで 漂亮，…（下面還有話沒說完）

將語尾的「だ」改成「で」，意思則變成表示原因的「因為…」，或有逗點的功效。

きれい＋で

P2-31

敬體

きれいです。 漂亮。

當語幹（常體、字典形）接「～です（是～）」，
句子就改變為敬體句。

きれい＋です

敬體的否定形

きれいでは（じゃ）ありません。
きれいでは（じゃ）ないです。 不漂亮。

將語尾的「だ」改成「ではありません」或「ではないです」，就變成了敬體的否定形。

きれい＋ではありません
　　　　ではないです

敬體的過去形

きれいでした。 以前很漂亮。

將語尾的「だ」改成「でした」，就變成了敬體的過去式。

きれい＋でした

敬體的過去否定形

きれいでは（じゃ）ありませんでした。
きれいでは（じゃ）なかったです。
不漂亮了。

將語尾的「だ」改成「ではありませんでした」或「ではなかったです」，就變成了敬體的過去否定形。

きれい＋ではありませんでした
　　　　ではなかったです

修飾名詞

きれいな花（はな）。 漂亮的花。

當修飾名詞時只要將語尾「だ」改為「な」即可。

きれいだ → な＋名詞

一定用得到的形容動詞

P2-32

- □ 静(しず)かだ 安靜的
- □ きれいだ 漂亮的、乾淨的
- □ まじめだ 認真的
- □ 暇(ひま)だ 閒暇的
- □ 好(す)きだ 喜歡的
- □ 大好(だいす)きだ 超喜歡的
- □ 嫌(いや)だ 厭惡的
- □ 上手(じょうず)だ 熟練的
- □ 簡単(かんたん)だ 簡單的
- □ 大変(たいへん)だ 糟糕的、辛苦的
- □ 便利(べんり)だ 方便的
- □ 親切(しんせつ)だ 親切的
- □ おしゃれだ 帥氣的、時尚的
- □ 危険(きけん)だ 危險的
- □ 残念(ざんねん)だ 遺憾的
- □ 失礼(しつれい)だ 失禮的
- □ 自由(じゆう)だ 自由的
- □ 心配(しんぱい)だ 擔心的
- □ 大切(たいせつ)だ 重要的
- □ だめだ 不可以的、沒用的
- □ 得意(とくい)だ 擅長的
- □ 必要(ひつよう)だ 必要的
- □ 派手(はで)だ 花俏的
- □ 有名(ゆうめい)だ 有名的
- □ 明(あき)らかだ 分明的、明顯的
- □ にぎやかだ 熱鬧的
- □ ハンサムだ 帥的
- □ 元気(げんき)だ 健康的
- □ 穏(おだ)やかだ 平穩的
- □ 嫌(きら)いだ 討厭的
- □ 大嫌(だいきら)いだ 超討厭的
- □ 勝手(かって)だ 隨便的、任意的
- □ 下手(へた)だ 不好的、笨拙的
- □ 複雑(ふくざつ)だ 複雜的
- □ 楽(らく)だ 快樂的、輕鬆的
- □ 不便(ふべん)だ 不方便的
- □ 不親切(ふしんせつ)だ 不親切的
- □ 同(おな)じだ 相同的
- □ 急(きゅう)だ 著急的
- □ 幸(しあわ)せだ 幸福的
- □ 気(き)の毒(どく)だ （說到第三人時）對他感到抱歉的…
- □ 丈夫(じょうぶ)だ 健康的、結實的
- □ 大丈夫(だいじょうぶ)だ 沒關係的、沒問題的
- □ 確(たし)かだ 的確的、確實的
- □ 丁寧(ていねい)だ 恭敬的
- □ 苦手(にがて)だ 不擅長的
- □ 貧乏(びんぼう)だ 貧乏的
- □ 地味(じみ)だ 樸素的
- □ 立派(りっぱ)だ 優秀的

- □ 鮮(あざ)やかだ 鮮明的
- □ 新(あら)ただ 新穎的
- □ 大(おお)げさだ 誇張的
- □ かすかだ 一點點的、稀少的
- □ 気楽(きらく)だ 輕鬆的
- □ 偶然(ぐうぜん)だ 偶然的
- □ ケチだ 吝嗇的
- □ 幸運(こううん)だ 幸運的
- □ 最悪(さいあく)だ 最差勁的、最可惡的
- □ 逆(さか)さまだ 顛倒的、完全相反的
- □ 様々(さまざま)だ 各式各樣的
- □ 重大(じゅうだい)だ 重大的
- □ 純粋(じゅんすい)だ 純粹的
- □ 上等(じょうとう)だ 優秀的
- □ 新鮮(しんせん)だ 新鮮的
- □ 真剣(しんけん)だ 真摯的
- □ 素直(すなお)だ 率直的、率真的
- □ そっくりだ 逼真的、一模一樣的
- □ 斜(なな)めだ 傾斜的
- □ 生意気(なまいき)だ 狂妄的
- □ 熱心(ねっしん)だ 有熱誠的
- □ のどかだ 清閒的
- □ 本気(ほんき)だ 真心的
- □ 見事(みごと)だ 優秀的
- □ 当(あ)たり前(まえ)だ 理所當然的
- □ いい加減(かげん)だ 馬虎的
- □ 臆病(おくびょう)だ 膽小的
- □ 貴重(きちょう)だ 貴重的
- □ 緊急(きんきゅう)だ 緊急的
- □ 軽快(けいかい)だ 輕快的
- □ 強引(ごういん)だ 強制的
- □ 公平(こうへい)だ 公平的
- □ 幸(さいわ)いだ 萬幸的
- □ 盛(さか)んだ 繁榮的、昌盛的
- □ 爽(さわ)やかだ 爽快的
- □ 十分(じゅうぶん)だ 充分的
- □ 順調(じゅんちょう)だ 順利的
- □ 上品(じょうひん)だ 高尚的、有品味的
- □ 深刻(しんこく)だ 事態嚴重的
- □ 慎重(しんちょう)だ 慎重的
- □ せっかちだ 性急的
- □ 手軽(てがる)だ 輕易的
- □ 退屈(たいくつ)だ 無聊的、無趣的
- □ 滑(なめ)らかだ 滑的、光滑的
- □ のんきだ 悠悠哉哉的
- □ 華(はな)やかだ 華麗的
- □ 前向(まえむ)きだ 積極的
- □ 平気(へいき)だ 不在乎的

● 形容動詞應用實例

P2-33

A 新宿(しんじゅく)はにぎやかですね。 新宿很熱鬧吧！

B そうですね。 是啊。

＊「にぎやかです」是「にぎやか （熱鬧）」的敬體。

A 日本語(にほんご)が上手(じょうず)ですか。 日語程度好嗎？

B いいえ、下手(へた)です。 不，並不好。

＊與「上手(じょうず)だ （熟練的）」、「下手(へた)だ （拙劣的）」、「好(す)きだ （喜歡的）」、「嫌(きら)いだ （討厭的）」等形容動詞接續的是助詞「が」，而不是及物助詞「を」。如例句的「日本語が」。

A 韓國料理(かんこくりょうり)、好(す)き？ 你喜歡韓國料理嗎？

B うん、大好(だいす)き。 嗯，超喜歡。

＊將「好(す)き」的語尾音調上揚，亦能形成疑問句。

A 彼(かれ)はどんな人(ひと)ですか。 他是什麼樣的人？

B まじめで、親切(しんせつ)な人(ひと)です。 既認真又親切的人。

＊語幹「まじめ （認真）」後接「で」，形成連用形。

＊形容動詞修飾名詞時，先以語幹接「な」，再接名詞。

親切(しんせつ) 親切 + な + 人(ひと) 人 → 親切(しんせつ)な人(ひと) 親切的人

A きのうは忙(いそが)しかったですか。 昨天忙嗎？

B いいえ、暇(ひま)でした。 不，很閒。

＊「暇(ひま)でした」是「暇(ひま)（清閒）」後接「でした」後形成的敬體過去式。

A 昨日(きのう)のテスト、どうだった？ 昨天的考試，怎麼樣？

B 簡単(かんたん)だったよ。 很簡單。

＊「簡単(かんたん)だった」是語幹「簡単(かんたん)（簡單的）」接「だった」後形成的過去式。

A 東京(とうきょう)の電車(でんしゃ)はどうだった。 東京的電車怎麼樣？

B 複雑(ふくざつ)だったが、便利(べんり)だった。 雖然複雜了點，但挺方便的。

＊「複雑(ふくざつ)だった」是語幹「複雑(ふくざつ)（複雜的）」接「だった」後形成的過去式。

＊「～が」是表示逆接的接續詞，可譯為「雖然…、但是…」。

＊「便利(べんり)だった」是語幹「便利(べんり)（方便的）」接「だった」後形成的過去式。

A あの人(ひと)は日本(にほん)で、有名(ゆうめい)ですか。 那人在日本有名嗎？

B はい、とても有名(ゆうめい)な人(ひと)です。 是的，是很有名的人。

＊「有名(ゆうめい)ですか」是「有名(ゆうめい)だ（有名的）」的敬體「有名(ゆうめい)です」接疑問助詞「か」後形成的疑問句。

＊形容動詞後接名詞時語幹接「な」。

有名(ゆうめい) 有名的 ＋ な ＋ 人(ひと) 人 → 有名(ゆうめい)な人(ひと) 有名的人

05 動詞

日語動詞都以羅馬音「U段」音的「う、く、ぐ、す、つ、ぶ、む、る」等假名結尾。
依語尾的形態我們將動詞分為五段動詞，上一段動詞、下一段動詞及變格動詞。
動詞是日語重要的架構部分，也是日語中最難的一環。
下面我們詳細瞭解一下。

P2-34

動詞的種類

Ⅰ 五段動詞（第1類動詞）

不以「る」結尾的動詞皆屬五段動詞、即使以「る」結尾，「る」前的假名為羅馬音「A段」、「U段」、「O段」音假名的動詞也是。

買(か)う 買　行(い)く 去　休(やす)む 休息　つくる 做……

＊ 特殊五段動詞
雖然形態與五段動詞不同，但接續方式與五段動詞相同，這個一定要牢記。
入(はい)る 進入　帰(かえ)る 回　知(し)る 知道……

Ⅱ 上一段動詞、下一段動詞（第2類動詞）

以「る」結尾，語尾前的假名為羅馬音「Ｉ段」即為上一段動詞、「Ｅ段」即為下一段動詞。

食(た)べる 吃　見(み)る 看　起(お)きる 起床……

Ⅲ 變格動詞（第3類動詞）

只有兩個。所有的變化都是沒有規律的，所以得花點心思死記一下。

来(く)る 來　する 做

ます形

P2-35

接續ます，即動詞的敬體。

Ⅰ 五段動詞（第1類動詞）

將語尾改為同行羅馬音「Ｉ段」的假名，後接「ます」。

買(か)う 買	買(か)います 買	買う→う同行Ｉ段的い＋ます→買います
行(い)く 去	行(い)きます 去	行く→く同行Ｉ段的き＋ます→行きます
休(やす)む 休息	休(やす)みます 休息	休む→む同行Ｉ段的み＋ます→休みます
入(はい)る 進入	入(はい)ります 進入	入る→る同行Ｉ段的り＋ます→入ります

Ⅱ 上一段動詞、下一段動詞（第2類動詞）

去除語尾「る」，後接「ます」。

食(た)べる 吃	食(た)べます 吃	食べる＋ます→食べます
見(み)る 看	見ます 看	見る＋ます→見ます
起(お)きる 起床	起(お)きます 起床	起きる＋ます→起きます

Ⅲ 變格動詞（第3類動詞）

来(く)る 來	来(き)ます 來
する 做	します 做

P2-36

て形（連用形）

接續て（で），歸在動詞的連用形變化，亦可表示中繼（逗點作用）及原因。

❶ 五段動詞（第1類動詞）

Ⓐ以「う」「つ」「る」結尾的動詞。

將語尾「う」「つ」「る」改為「って」。

買(か)う 買	買(か)って 買	買う→っ＋て→買って
待(ま)つ 等	待(ま)って 等	待つ→っ＋て→待って
入(はい)る 進入	入(はい)って 進入	入る→っ＋て→入って

Ⓑ以「ぬ」「ぶ」「む」結尾的動詞

將語尾「ぬ」「ぶ」「む」改為「んで」。

死(し)ぬ 死	死(し)んで 死	死ぬ→んで→死んで
呼(よ)ぶ 叫	呼(よ)んで 叫	呼ぶ→んで→呼んで
読(よ)む 唸	読(よ)んで 唸	読む→んで→読んで

Ⓒ以「く」「ぐ」結尾的動詞

將語尾「く」「ぐ」改為「いて」「いで」。

書(か)く 寫	書(か)いて 寫	書く→いて→書いて
泳(およ)ぐ 游泳	泳(およ)いで 游泳	泳ぐ→いで→泳いで

Ⓓ以「す」結尾的動詞

將語尾「す」改為「して」。

話(はな)す 談論	話(はな)して 談論	話す⋯→し＋て→話して
返(かえ)す 還	返(かえ)して 還	返す⋯→し＋て→返して

特殊

雖然「行(い)く（去）」以「く」結尾，但て形改為「って」，而不是「いて」。

行(い)く 去　行(い)って 去

Ⅱ 上一段動詞、下一段動詞（第2類動詞）

去除語尾「る」，後接「て」。

食(た)べる 吃	食(た)べて 吃	食べる＋て→食べて
見(み)る 看	見(み)て 看	見る＋て→見て
起(お)きる 起床	起(お)きて 起床	起きる＋て→起きて

Ⅲ 變格動詞（第3類動詞）

来(く)る 來　来(き)て 來

する 做　して 做

P2-37

（過去式）た形

過去式表示事情已經過去。與て形變化時一樣的公式，差別在將「て」改成「た（だ）」，便可形成常體過去式。

Ⅰ 五段動詞（第1類動詞）

Ⓐ買う 買	買って 買	買った 買了
待つ 等	待って 等	待った 等了
入る 進入	入って 進入	入った 進入了
Ⓑ死ぬ 死	死んで 死	死んだ 死了
呼ぶ 叫	呼んで 叫	呼んだ 叫了
読む 唸	読んで 唸	読んだ 唸了
Ⓒ書く 寫	書いて 寫	書いた 寫了
泳ぐ 游泳	泳いで 游泳	泳いだ 游泳了
Ⓓ話す 談論	話して 談論	話した 談論了
返す 還	返して 還	返した 還了

特殊

行く 去	行って 去	行った 去了

Ⅱ 上一段動詞、下一段動詞（第2類動詞）

食べる 吃	食べて 吃	食べた 吃了
見る 看	見て 看	見た 看了
起きる 起床	起きて 起床	起きた 起床了

Ⅲ 變格動詞（第3類動詞）

来る 來	来て 來	来た 來了
する 做	して 做	した 做了

P2-38

敬體的過去式

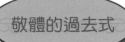

將ます形的「ます」改為「ました」，就成了敬體的過去式。亦表示事情已經過去。

Ⅰ 五段動詞（第1類動詞）

買(か)う 買	買(か)います 買	買(か)いました 買了
行(い)く 去	行(い)きます 去	行(い)きました 去了
入(はい)る 進入	入(はい)ります 進入	入(はい)りました 進入了

Ⅱ 上一段動詞、下一段動詞（第2類動詞）

食(た)べる 吃	食(た)べます 吃	食(た)べました 吃了
見(み)る 看	見(み)ます 看	見(み)ました 看了
起(お)きる 起床	起(お)きます 起床	起(お)きました 起床了

Ⅲ 變格動詞（第3類動詞）

来(く)る 來	来(き)ます 來	来(き)ました 來了
する 做	します 做	しました 做了

P2-39

否定形

接續成「ない」的形態，即動詞的否定形，表達「不…、沒…」的意思。

Ⅰ 五段動詞（第1類動詞）

將語尾改為同行羅馬音「A段」的假名，後接「ない」。

行(い)く 去　　行(い)かない 不去　　行く……く同行A段的か＋ない→行かない

待(ま)つ 等　　待(ま)たない 不等　　待つ……つ同行A段的た＋ない→待たない

休(やす)む 休息　　休(やす)まない 不休息　　休む……む同行A段的ま＋ない→休まない

入(はい)る 進入　　入(はい)らない 不進入　　入る……る同行A段的ら＋ない→入らない

特例

以「う」結尾的動詞，並不是改成同行「A段」的「あ」，而是改成「わ」。

買(か)う 買　　買(か)わない 不買

Ⅱ 上一段動詞、下一段動詞（第2類動詞）

去除語尾「る」，後接「ない」。

食(た)べる 吃　　食(た)べない 不吃　　食べる＋ない→食べない

見(み)る 看　　見(み)ない 不看　　見(み)る＋ない→見ない

起(お)きる 起床　　起(お)きない 不起床　　起(お)きる＋ない→起きない

Ⅲ 變格動詞（第3類動詞）

来(く)る 來　　来(こ)ない 不來

する 做　　しない 不做

P2-40

敬體的否定形

敬體的否定形也是「不…、沒…」的意思，形態從ます形的「ます」改為「ません」的形態即可。

Ⅰ 五段動詞（第1類動詞）

買（か）う 買	買（か）います 買	買（か）いません 不買
行（い）く 去	行（い）きます 去	行（い）きません 不去
休（やす）む 休息	休（やす）みます 休息	休（やす）みません 不休息
入（はい）る 進入	入（はい）ります 進入	入（はい）りません 不進入

Ⅱ 上一段動詞、下一段動詞（第2類動詞）

食（た）べる 吃	食（た）べます 吃	食（た）べません 不吃
見（み）る 看	見（み）ます 看	見（み）ません 不看
起（お）きる 起床	起（お）きます 起床	起（お）きません 不起床

Ⅲ 變格動詞（第3類動詞）

来（く）る 來	来（き）ます 來	来（き）ません 不來
する 做	します 做	しません 不做

P2-41

敬體的過去否定形

要表示敬體過去否定形時有兩種方式，一種是動詞變成「…ません」後接「でした」的形態。一種是將「…ない」變成「…なかったです」的形態，都是表達「不…了；沒…了」的意思。

Ⅰ 五段動詞（第1類動詞）

買(か)いません 不買 ＋でした 買(か)わなかった 不買 ＋です	買(か)いませんでした 買(か)わなかったです	不買了
行(い)きません 不去 ＋でした 行(い)かなかった 不去 ＋です	行(い)きませんでした 行(い)かなかったです	不去了
休(やす)みません 不休息 ＋でした 休(やす)まなかった 不休息 ＋です	休(やす)みませんでした 休(やす)まなかったです	不休息了
入(はい)りません 不進入 ＋でした 入(はい)らなかった 不進入 ＋です	入(はい)りませんでした 入(はい)らなかったです	不進入了

Ⅱ 上一段動詞、下一段動詞（第2類動詞）

食(た)べません 不吃 ＋でした 食(た)べなかった 不吃 ＋です	食(た)べませんでした 食(た)べなかったです	不吃了
見(み)ません 不看 ＋でした 見(み)なかった 不看 ＋です	見(み)ませんでした 見(み)なかったです	不看了
起(お)きません 不起床 ＋でした 起(お)きなかった 不起床 ＋です	起(お)きませんでした 起(お)きなかったです	不起床了

Ⅲ 變格動詞（第3類動詞）

来(き)ません 不來 ＋でした 来(こ)なかった 不來 ＋です	来(き)ませんでした 来(こ)なかったです	不來了
しません 不做 ＋でした しなかった 不做 ＋です	しませんでした しなかったです	不做了

P2-42

希望表現

即有「想作某動作」的意思，將動詞的ます形的ます去掉改接「たい」的形態即可。

I 五段動詞（第1類動詞）

買（か）う 買	買（か）います 買 → 去掉ます＋たい	買（か）いたい 想買
行（い）く 去	行（い）きます 去 → 去掉ます＋たい	行（い）きたい 想去
休（やす）む 休息	休（やす）みます 休息 → 去掉ます＋たい	休（やす）みたい 想休息
入（はい）る 進入	入（はい）ります 進入 → 去掉ます＋たい	入（はい）りたい 想進入

II 上一段動詞、下一段動詞（第2類動詞）

食（た）べる 吃	食（た）べます 吃 → 去掉ます＋たい	食（た）べたい 想吃
見（み）る 看	見（み）ます 看 → 去掉ます＋たい	見（み）たい 想看
起（お）きる起床	起（お）きます 起床 → 去掉ます＋たい	起（お）きたい 想起床

III 變格動詞（第3類動詞）

来（く）る 來	来（き）ます 來	来（き）たい 想來
する 做	します 做	したい 想做

P243

可能形

表示「能夠～；會～」的意思（形態上依動詞的種類不同，變化方法也不同，請見下列解說）。

Ⅰ 五段動詞（第1類動詞）

將語尾改為羅馬音「Ｅ段」的假名，後接「る」。

買（か）う 買	買（か）える 能買	買う⋯⋯→う同行Ｅ段的え＋る→買える
行（い）く 去	行（い）ける 能去	行く⋯⋯→く同行Ｅ段的け＋る→行ける
休（やす）む 休息	休（やす）める 能休息	休む⋯⋯→む同行Ｅ段的め＋る→休める
入（はい）る 進入	入（はい）れる 能進入	入る⋯⋯→る同行Ｅ段的れ＋る→入れる

Ⅱ 上一段動詞、下一段動詞（第2類動詞）

去除語尾「る」，改接「られる」。

食（た）べる 吃	食（た）べられる 能吃	食べる＋られる→食べられる
見（み）る 看	見（み）られる 能看	見る＋られる→見られる
起（お）きる 起床	起（お）きられる 能起床	起きる＋られる→起きられる

Ⅲ 變格動詞（第3類動詞）

来（く）る 來	来（こ）られる 能來
する 做	できる 能做

P2-44

意志‧推量形

表示邀約的口氣，或表達自身的意志！如同中文「～吧！」的意思。（形態上依動詞的種類不同，變化方法也不同，請見下列解說）

Ⅰ 五段動詞（第1類動詞）

將語尾改為羅馬音「O段」的假名，改接「う」。

買(か)う 買	買(か)おう 買吧	買う⋯⋯▸う同行O段的お＋う→買おう
行(い)く 去	行(い)こう 去吧	行く⋯⋯▸く同行O段的こ＋う→行こう
休(やす)む 休息	休(やす)もう 休息吧	休む⋯⋯▸む同行O段的も＋う→休もう
入(はい)る 進入	入(はい)ろう 進入吧	入る⋯⋯▸る同行O段的ろ＋う→入ろう

Ⅱ 上一段動詞、下一段動詞（第2類動詞）

去除語尾「る」，改接「よう」。

食(た)べる 吃	食(た)べよう 吃吧	食べる＋よう→食べよう
見(み)る 看	見(み)よう 看吧	見る＋よう→見よう
起(お)きる 起床	起(お)きよう 起床吧	起きる＋よう→起きよう

Ⅲ 變格動詞（第3類動詞）

来(く)る 來	来(こ)よう 來吧
する 做	しよう 做吧

一定會用到的動詞

P2-45

- □ 会(あ)う 見面
- □ 開(あ)く 打開
- □ 遊(あそ)ぶ 玩
- □ 歩(ある)く 走
- □ 行(い)く 去
- □ 入(はい)る 進入
- □ 動(うご)く 動
- □ 踊(おど)る 跳舞
- □ 買(か)う 買
- □ 置(お)く 放置
- □ 教(おし)える 教
- □ 驚(おどろ)く 驚嚇
- □ 思(おも)う 想
- □ 泳(およ)ぐ 游泳
- □ 返(かえ)す 還
- □ 書(か)く 寫
- □ 勝(か)つ 贏
- □ 噛(か)む 咬、嚼
- □ 聞(き)く 問、聽
- □ 着(き)る 穿
- □ 探(さが)す 找
- □ 死(し)ぬ 死亡
- □ 知(し)る 知道
- □ 過(す)ぎる 過
- □ 合(あ)う 合適
- □ 開(あ)ける 打開
- □ 洗(あら)う 洗
- □ 言(い)う 說
- □ 来(く)る 來
- □ 入(い)れる 放進
- □ 歌(うた)う 唱歌
- □ 選(えら)ぶ 選擇、挑選
- □ 売(う)る 賣
- □ 起(お)きる 起床
- □ 習(なら)う 學
- □ 覚(おぼ)える 記住
- □ 考(かんが)える 思考
- □ 終(お)わる 結束
- □ 帰(かえ)る 回去、回來
- □ 読(よ)む 唸
- □ 負(ま)ける 輸
- □ 切(き)る 切
- □ 話(はな)す 談論
- □ 脱(ぬ)ぐ 脫
- □ 咲(さ)く 開（花）
- □ 沈(しず)む 沉（到水裡）
- □ 吸(す)う 吸
- □ 進(すす)む 前進

□ 住(す)む 住

□ 座(すわ)る 坐

□ 食(た)べる 吃

□ 使(つか)う 使用

□ 疲(つか)れる 疲勞

□ 働(はたら)く 工作

□ 続(つづ)ける 繼續

□ 飛(と)ぶ 飛

□ 待(ま)つ 等

□ 慣(な)れる 習慣

□ 逃(に)げる 逃

□ 残(のこ)る 殘留

□ 乗(の)る 乘車

□ 走(はし)る 跑

□ 話(はな)す 聊天

□ 見(み)る 看

□ 貼(は)る 貼

□ 晴(は)れる 晴朗

□ 太(ふと)る 胖

□ 守(まも)る 守護

□ 磨(みが)く 刷

□ 呼(よ)ぶ 叫

□ 忘(わす)れる 忘記

□ 寝(ね)る 就寢

□ 立(た)つ 站

□ 飲(の)む 喝

□ 違(ちが)う 錯、不同

□ 作(つく)る 做

□ 伝(つた)える 傳達

□ できる 可以、能夠

□ 泊(とま)る 停泊、住宿

□ 持(も)つ 持有、拿

□ 握(にぎ)る 握

□ 濡(ぬ)れる 濕

□ 登(のぼ)る 登

□ 降(お)りる 下來、下交通工具

□ 降(ふ)る 下（雨、雪）

□ 払(はら)う 支付

□ はやる 流行

□ 光(ひか)る 發光

□ 曇(くも)る 陰天

□ やせる 瘦

□ 迷(まよ)う 迷惑、迷路

□ 迎(むか)える 接、迎來

□ わかる 瞭解

□ 笑(わら)う 笑

● 動詞應用實例（敬體與常體）

P2-46

＊下列所有例句：第一句為敬體、第二句為常體。

起きる（おきる）
起床

今朝（けさ）は七時（しちじ）に起（お）きました。今天早上是七點起床的。
→今朝（けさ）、七時（しちじ）に起（お）きた。今天早上是七點起床的。

洗う（あらう）
洗

顔（かお）を洗（あら）いました。洗了臉。
→顔（かお）を洗（あら）った。洗了臉。

磨く（みがく）
刷

歯（は）を磨（みが）きました。刷了牙。
→ 歯（は）を磨（みが）いた。刷了牙。

食べる（たべる） 吃
出る（でる） 出來

朝（あさ）ごはんを食（た）べて、家（いえ）を出（で）ました。吃完早餐，出了門。
→朝（あさ）ごはんを食（た）べて、家（いえ）を出（で）た。吃完早餐，出了門。

勉強する（べんきょうする）
學習

学校（がっこう）で勉強（べんきょう）しました。在學校唸書了。
→学校（がっこう）で勉強（べんきょう）した。在學校唸書了。

話す（はなす）
談論

友（とも）だちと話（はな）しました。和朋友談論了。
→友（とも）だちと話（はな）した。和朋友談論了。

帰(かえ)る
回去、回來

家(いえ)に帰(かえ)りました。 回家了。
→家(いえ)に帰(かえ)った。 回家了。

見(み)る
看

テレビを見(み)ました。 看電視了。
→テレビを見(み)た。 看電視了。

読(よ)む
唸

本(ほん)を読(よ)みました。 唸書了。
→本(ほん)を読(よ)んだ。 唸書了。

お風呂(ふろ)に入(はい)る
洗澡

お風呂(ふろ)に入(はい)りました。 洗澡了。
→お風呂(ふろ)に入(はい)った。 洗澡了。

寝(ね)る
就寢

ベッドで寝(ね)ました。 在床上睡覺了。
→ベッドで寝(ね)た。 在床上睡覺了。

夢(ゆめ)を見(み)る
做夢

いい夢(ゆめ)を見(み)ました。 做了一個好夢。
→いい夢(ゆめ)を見(み)た。 做了一個好夢。

找出圖中的相異處

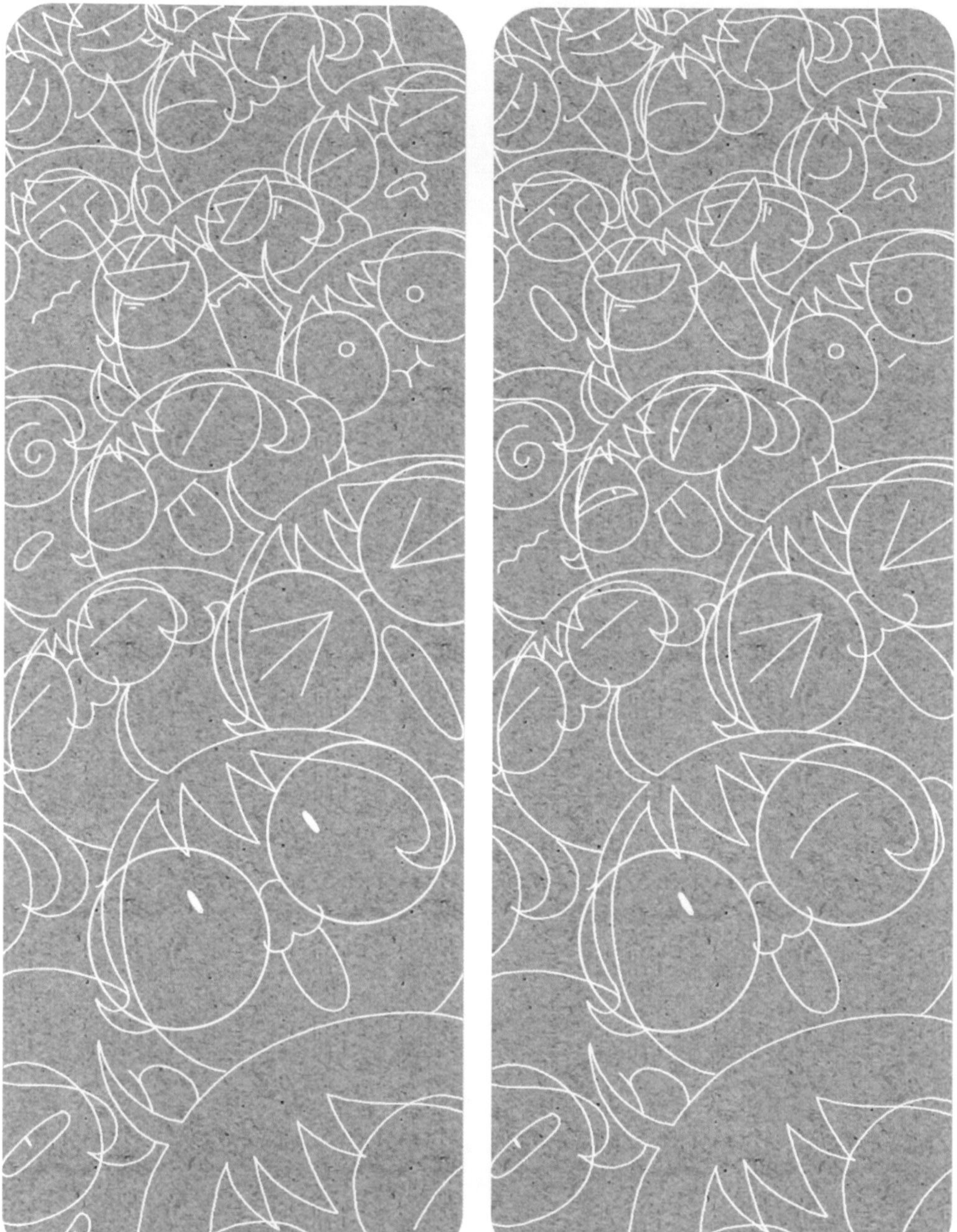

Part 3

我的第一本日語學習書——Book I 日語會話詳細解說

1 日本（にほん）へ 行（い）こう。前進日本。

● 用手機掃描右方的QR碼，便可馬上聽此處的講解。

P3-1–01

字幕（じまく）　なんて　要（い）らない。
字幕　之類　不需要

● 「なんて」有「～等等、～之類的」的意思，但帶有「輕視」的意味。

● 「要（い）らない」為「要（い）る」的否定形。要變化為否定形，只要將語尾「る」改為「同一行A段音的假名ら」，再加上「ない」即可。

要（い）る……▸ら＋ない→要（い）らない

あなたなんて、要（い）らない。
我才不需要你這樣的狗狗呢。

P3-1–02

全然（ぜんぜん）　わからない。
完全　不知道

● 「わからない」是「わかる（瞭解、知道）」的否定形。「わかる」的否定形變化，只要將語尾「る」改為「同一行A段音的假名ら」，再加上「ない」即可。

わかる……▸ら＋ない→わからない

P3-1–03

あきらめよう　か。
放棄吧　～嗎？

● 「あきらめよう」是「あきらめる（放棄）」的推量形。「あきらめる」要變化成推量形時，只要去掉「る」再加上「よう」即可。

あきらめる＋よう→あきらめよう

● 「か」為「疑問助詞」，接在句子的尾部，即形成疑問句。

P3-1-04

これ	は、	時間（じかん）	の	無駄（むだ）	だ。
這	是	時間	的	浪費	是

● 表示事物的指示代名詞

這個	那個（離聽者較近）	那個（離聽、說雙方都遠）	哪個
これ	**それ**	**あれ**	**どれ**

● 「は」有「～是」的意思。「は」當助詞時，要唸成為 [wa]。

● 日文中名詞修飾名詞時，兩個名詞間接「の」。根據前後文有異，一般是「…的」的意思，但有也會有其它的狀況。

名詞 ＋ の ＋ 名詞

● 「だ」接在名詞或形容動詞的語幹（字典形）之後，亦表示「是～」的意思。

名詞 / 形容動詞 ＋だ

今天中午是吃ラーメンだ是拉麵。

吃飯時電話響真是いやだ討厭。

P3-1-05

どこ	に	行（い）こう	か。
哪裡	到	去吧	～嗎？

● 表示方位的指示代名詞

這裡	那裡（離聽者較近）	那裡（離聽、說雙方都遠）	哪裡
ここ	**そこ**	**あそこ**	**どこ**

● 「行（い）こう」是「行（い）く（去）」的推量形。「行く」的推量形變化，只要將語尾「く」改為「同一行 O 段音的假名こ」，再加上「う」即可。

行（い）● ……→ こ＋う→行（い）こう

● 「か」為「疑問助詞」，接在句子的尾部，形成疑問句。

1 前進日本

P3-1-06

日本	は	はじめてだから	東京	へ	行こう。
日本	是	因為是第一次	東京	到	去吧

- 「はじめてだから」是「はじめてだ（初次、第一次）」，後接表示原因和理由的「～から（因為～）」，就能闡明自己是「第一次地…」。

から的接續方法

- 名詞或形容動詞接續から時，以「名詞、形容動詞＋だから」的形式接續。

学生 ＋ だ から…。因為是學生……
名詞

- 動詞及形容詞時，「動詞原形、形容詞字典形（原形）＋から」的形式接續。

学校に行く＋から…。因為去學校……
動詞

P3-1-07

旅行会社、	航空会社、	行く必要	も	ない。
旅行社	航空公司	去的必要	也	沒有

- 「行く必要」是動詞「行く（去）」直接接續「必要（必要）」，意思為「有必要去」。

食べる 吃＋もの（東西）＝食べるもの 吃的東西
する 做＋こと（事情）＝すること 做的事情

食べるもの吃的東西只有野菜蔬菜。

P3-1-08

インターネット	で	調べて、	電話	で、	OK。
網際網路	用	搜尋	電話	用	OK

- 「調べて」是「調べる（調查、搜尋）」的て形變化，意思不變，為逗點中繼表現。這裡前接的是名詞「網際網路」，所以可以解釋為「搜尋」。
「調べる」的て形變化只要將「る」去掉加上「て」即可。

調べ●＋て→調べて

2 空港（くうこう）で。機場通關。

P3-2-01

ここ は どこ？
這裡 是 哪裡？

- 表示位置的指示代名詞

這裡	那裡（離聽者較近）	那裡（離聽、說雙方都遠）	哪裡
ここ	そこ	あそこ	どこ

P3-2-02

こちら に 貼（は）って おきます ね。
這裡 在 貼 置 對吧〔向對方確認〕

- 位置指示代名詞的丁寧表現（「丁寧」為日語文法專有名詞，表示「恭敬、慎重的語氣」，非中文「叮嚀」之意。）

這裡	那裡（離聽者較近）	那裡（離聽、說雙方都遠）	哪裡
こちら	そちら	あちら	どちら

- 「貼（は）って」是「貼（は）る（貼）」的て形變化，意思不變，為逗點的中繼表現。變化上是將語尾的「る」改成「っ」再加上「て」即可。

貼（は）●……→っ＋て→貼（は）って

- 「おきます」是「おく（放置）」的敬體。「おく」的敬體變化是將語尾的「く」去掉，改成「同一行I段音的假名き」，再加上「ます」即可。

お●……→き＋ます→おきます

- 「おく」擺在動詞て形變化之後時，作補助動詞用。有「預先作～」的意思。

先してておく 預先作。　　先食（た）べておく 預先吃。

學得好煩喔！
先到這裡吧。

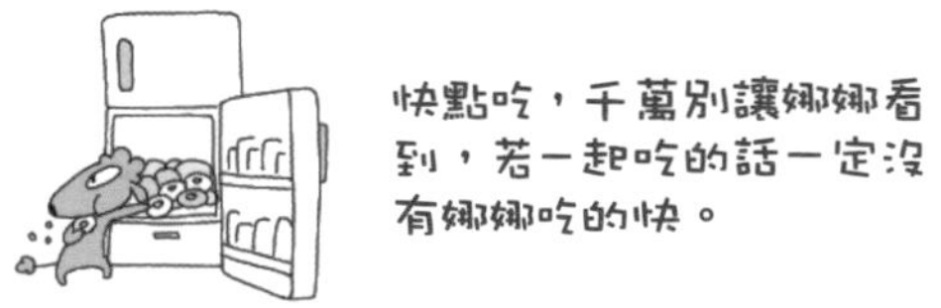

快點吃，千萬別讓娜娜看到，若一起吃的話一定沒有娜娜吃的快。

P3-2-03

搭乗券（とうじょうけん） を 拝見（はいけん）します。
登機證 把 看（謙讓語）

- 「搭乗券（とうじょうけん）」也稱為「ボーディングパス（登機證）」。
- 「拝見（はいけん）します」是「見（み）ます 看」的謙讓語。謙讓語是指謙遜自己的言行，轉而表示對他人尊重的用語。
  「見（み）ます」是「見（み）る」的敬體。「見る」的敬體變化是將語尾的「る」去掉加「ます」即可。

見（み）~~る~~＋ます→見（み）ます

P3-2-04

搭乗券（とうじょうけん） よろしいです か。
登機證 沒關係吧 ～嗎？

- 「よろしい」是「いい（好、沒關係）」的丁寧表現。
  形容詞的敬體變化是原形再加上「です」即可。
  いい＋です→いいです　好、不錯
  よるしい+です→よろしいです　好、不錯（丁寧語）

P3-2-05

いらっしゃいませ。
歡迎光臨

- 「いらっしゃいませ」是一般商家常用，客人光顧時的打招呼。一般招呼到自家來的訪客時使用「いらっしゃい」。

P3-2-06

シートベルト を おしめください。
安全帶 把 請繫好

- 「おしめください」是「しめてください（請繫好）」的丁寧表現。「しめてください」是「しめる」的て形再接續「～ください（請～）」，表示「請繫好」的意思。
  「しめる」的て形變化是將語尾的「る」去掉加「て」即可。

しめ~~る~~＋て→しめて＋ください→しめてください

P3-2-07

1 どういう　ご関係（かんけい）　ですか。
怎樣　關係　是？

- 「ご関係（かんけい）」是「関係（かんけい）（關係）」的丁寧表現，與「お」相同、但「ご」主要接在漢語詞前面。「お」跟「ご」同時也等於是尊敬表現。
- 「ですか」是「です（是）」加上表示疑問詞的助詞「か」。意思為「是～嗎？」。

2 おば　です。
阿姨　是

- 「おば」是「阿姨、姑姑、嬸嬸、舅媽」的總稱。相對的，「おじ」則是表示「姨父、姑父、叔叔、舅舅」的總稱。
  對外人介紹自家人（家人或親戚）時用「おば」「おじ」。但稱呼別人的親戚時應該用「おばさん」「おじさん」。

P3-2-08

1 どういう　友（とも）だち　ですか。
怎樣　朋友　是？

- 「友（とも）だち」可以單純表示「朋友」，也可以表示複數的「朋友們」。
  「關係很親密的朋友」則稱為「親友（しんゆう）」或「友人（ゆうじん）」。

2 学生時代（がくせいじだい）　の　友（とも）だち　です。
學生時期　的　朋友　是

- 「学生時代（がくせいじだい）」直譯為「學生時代」。

P3-2-09

すみません。
麻煩了。

- 「すみません」為「對不起」的意思，表示道歉。此外還包含其他的意思。例如 ：表示感謝時的「謝謝」；在店家裡呼叫店員時的「麻煩一下」；與陌生人問話時的「失禮了」。

P3-2-⑩

これ、 もう 一枚(いちまい)…。
這個 再 一張

● 表示事物的指示代名詞

這個	那個（離聽者較近）	那個（離聽、說雙方都遠）	哪個
これ	**それ**	**あれ**	**どれ**

● 「枚(まい)」在這裡可以解釋為「～張」，一般作為平片狀物品的數數單位。
例如：紙(かみ) 紙　切符(きっぷ) 票券　切手(きって) 郵票　Tシャツ T恤　皿(さら) 盤子　等時使用。

P3-2-⑪

これ、 もう 一枚(いちまい) もらえますか。
這個 再 一張 可以得到嗎？

● 「もらえますか」是由「もらえます（可以得到）」再加上疑問助詞「か」，即「我可以得到嗎？」之意。「もらえます」是「もらう（得到）」的可能形，也是「もらえる」的敬體。
要變化為「もらう」的可能形，是將語尾「う」改為「同一行 E 段音的假名え」，再加上「る」即可。

もら う……→え＋る→もらえる

「もらえる」的敬體變化是去掉語尾的「る」再接「ます」即可。

もらえ る＋ます→もらえます

P3-2-⑫

これ、 もう 一枚(いちまい) ください。
這個 再 一張 請給

● 「もう」為副詞，表示「已經」及「在這基礎上再…」。

● 「ください」表示「請」，也可不接て形直接應用。

P3-2-⑬

お飲(の)み物(もの) は いかがですか。
飲料 是 如何？

● 「お飲(の)み物(もの)」就是「飲(の)み物(もの)（飲料）」，前接「お」時，為丁寧表現。

● 「いかがですか」是「どうですか（如何？）」的丁寧表現。

P3-2-⑭

何(なに) が あります か。
什麼 是 有 ～嗎？

- 「あります」是「ある（有）」的敬體，變化時只要將語尾的「る」改為「同一行 I 段音的假名り」，再加上「ます」即可。

あ㊇……▸り＋ます→あります

- **日文的存在動詞**

日文表示存在動詞分別有「いる」和「ある」。形容本身意志及生命體的存在動詞用「いる」，反之，無生命的存在表示則用「ある」。

いる

＊人(ひと) 人
（大人(おとな) 成人 子供(こども) 孩子 お年(とし)より 老人…）

＊動物(どうぶつ) 動物
（犬(いぬ) 狗 猫(ねこ) 貓…）

＊虫(むし) 毛毛蟲（昆虫(こんちゅう) 昆蟲）

＊魚(さかな) 魚
…

ある

＊植物(しょくぶつ) 植物
（花(はな) 花 木(き) 樹…）

＊無生物(むせいぶつ) 無生物
（テレビ 電視 冷蔵庫(れいぞうこ) 冰箱
つくえ 桌子 いす 椅子…）

＊仕事(しごと) 工作 宿題(しゅくだい) 作業
…

使用「ある」的詞彙中，
有生命的只有你（植物）啊！

P3-2-⑮

味噌汁(みそしる) ください。
味噌湯 請給

- 「味噌汁(みそしる)」是添加日式「味噌(みそ)（味噌）」調製的「味噌湯」。
這裡「汁(しる)」指「湯」。

2 機場通關

P3-2-⑯

おさげします。
我幫您撤收。

- 「おさげします」是「さげます（撤收）」的謙讓表現。「さげます」是「さげる（撤收）」的敬體。變化時，則是去除語尾「る」再加上「ます」即可。

さげる＋ます→さげます

P3-2-⑰

お飲(の)み物(もの)　の　コーヒー　いかがですか。
飲料　的　咖啡　怎樣？

- 這裡的「の」是同位語，即「後面的名詞是屬於前面的名詞」的意思。「の」依出現的狀況不同，可能會有不同的涵義，今後我們可以慢慢了解。
- 「いかがですか」是「どうですか（怎樣？）」的丁寧表現。

P3-2-⑱

はい。
是

- 「はい」是肯定的回答。

P3-2-⑲

いいえ、けっこうです。
不　可以了

- 「いいえ」是否定的回答。
- 「けっこうです」在這裡是客氣告知對方「已經足夠了！」的意思，相當實用，請一定要牢記哦！

P3-2-20

免税品（めんぜいひん） を お持（も）ちしております。

免税商品　把　幫您拿來了

● 「お持（も）ちしております」是「持（も）っています（持有）」的謙讓表現。一般是服務業的服務人員主要使用的慣用句子。「持（も）っています」是由「持（も）つ」的て形「持（も）って（持）」再加上表示狀態的「～います（有～）」，表示「持有」的狀態。
「持（も）つ」的て形變化是將語尾的「つ」改為「っ」再加上「て」即可。

持（も）つ……→っ＋て→持（も）って

P3-2-21

すみません、 歯（は）ブラシ、 もらえますか。

請問一下　牙刷　可以得到嗎？

● 牙膏的日語是「歯磨き粉（はみがきこ）」或「歯磨き（はみがき）」。「歯（は）」本身就是「牙齒」的意思，「磨き（みがき）」是動詞「磨く（みがく）（刷（牙））」名詞化的形態，「粉（こ）」則是「粉、粉末」的意思，是一個複合的名詞。動詞敬體不接ます時，也等同名詞。

歯（は） 牙齒 ＋ 磨き（みがき） 刷（牙）＋ 粉（こ） 粉末 ＝ 歯磨き粉（はみがきこ），也就是說：刷牙的粉＝牙膏。

● 「もらえますか」是由「もらえます（可以得到）」再加上疑問助詞「か」，即「我可以得到嗎？」之意。「もらえます」是「もらう（得到）」的可能形，也是「もらえる」的敬體。
要變化為「もらう」的可能形，是將語尾「う」改為「同一行E段音的假名え」，再加上「る」即可。

もらう……→え＋る→もらえる

「もらえる」的敬體變化是去掉語尾的「る」再接「ます」即可。

もらえる＋ます→もらえます

P3-2-22

歯（は）ブラシ ですか。 かしこまりました。

牙刷　是嗎？　瞭解了。

● 要確認對方說的話時，可以將對方所說的內容重複一遍後，再加上「ですか」進行確認。
「ですか」有「是～嗎？」的意思。但這裡根據對話的意思，則偏「～（如您所說的這樣），是嗎？」的確認語感。

● 「かしこまりました」是「わかりました（知道、瞭解）」的謙讓語。謙遜自己的言行以達到尊重對方的表現。這句話是服務業從事人員的常用語。

P3-2-23

トイレ	は	どこですか。
洗手間	是	哪裡

- 「洗手間」在日語中除了可以說是「トイレ」之外，另外還有「お手(て)洗(あら)い」的說法。
「お手(て)洗(あら)い」是「洗手」之意，「お手(て)」是「手(て)」，即「手」的丁寧表現。
「洗(あら)い」是動詞「洗(あら)う（洗）」的名詞化形態。動詞的敬體不接ます時，等同名詞。

お手(て) 手 ＋ 洗(あら)い 洗 ＝ お手(て)洗(あら)い 洗手的地方→也就是「洗手間」的意思。

P3-2-24

あちら	でございます。
那裡	是

- 「～でございます」是「～です」的丁寧表現。一樣是「是～」的意思。

P3-2-25

ちょっと	寒(さむ)いんで、	毛布(もうふ)	を	もらえますか。
少許	因為冷	毛毯	把	可以給嗎？

- 「寒(さむ)いんで」是「寒(さむ)いので」，即「因為會冷」的口語表現。
「ので（由於～、因為～）」可以省略為「んで」，比較年輕化的口吻。

P3-2-26

飛行機(ひこうき)	よい	みたいですが、	薬(くすり)	ありますか。
飛機	暈	好像是	藥	有嗎？

- 「よい」是動詞「酔(よ)う」的名詞化形態，表示「暈、醉」。
「二日酔(ふつかよ)い」是醉意持續到第二天，也就是「宿醉」的意思。「船」是「船(ふね)」，所以「暈船」就是「船酔(ふなよ)い」，注意這時「船」的發音會發生變化，從「ふね」變成「ふな」喲！

P3-2-27

あ、	少々(しょうしょう)	お待(ま)ちください。	すぐ、	お持(も)ちします。
啊	稍微	請等一下	馬上	拿來

- 「お待(ま)ちください」是「待(ま)ってください（請等一下）」的丁寧表現。要變化成「待(ま)ってください」是將「待(ま)つ（等）」變成て形「待(ま)って」加上「ください」即可。
「待(ま)つ」的て形是將語尾「つ」變為「っ」再加上「て」。

待(ま)つ┈→っ＋て→待(ま)って

「お持ちします」是「持ちます（拿）」的謙讓表現。
「持ちます」是「持つ（拿）」的敬體，變化時只要將「持つ」的語尾「つ」改為「同一行 I 段音的假名ち」再加上「ます」即可。

持つ……→ち＋ます→持ちます

P3-2-28

ボールペン を 貸してもらえますか。

ボールペン	を	貸してもらえますか。
原子筆	把	可以借給我嗎？

「貸してもらえますか」是由「貸す（借出）」的て形「貸して」加上「もらえますか（可以借給我嗎？）」所構成的句型。是「自身能否得到對方的協助」的疑問句架構句子，故為「可以借給我嗎？」的意思。
「貸す」的て形變化是將語尾「す」改為「同一行 I 段音的假名し」，再加上「て」即可。

貸す……→し＋て→貸して

P3-2-29

ない、ない、どこにも ない。

ない、	ない、	どこにも	ない。
沒有	沒有	哪裡都	沒有

P3-2-30

指紋 を 読み取ります。

指紋	を	読み取ります。
指紋	把	採取

「読み取ります」是「読み取る（理解）」的敬體。變化時將語尾的「る」改為「同一行 I 段音的假名り」再加上「ます」即可。

読み取る……→り＋ます→読み取ります

P3-2-31

顔写真 を 撮ります。

顔写真	を	撮ります。
相片	把	照

「撮ります」是「撮る（照相）」的敬體。變化時將語尾的「る」改為「同一行 I 段音的假名り」再接「ます」即可。

撮る……→り＋ます→撮ります

P3-2-32

<ruby>何<rt>なん</rt></ruby>か　<ruby>緊張<rt>きんちょう</rt></ruby>する　ね。
總覺得　緊張　啊

- 「何か」是副詞，意思為「不知為什麼…、總覺得…」。
- 「ね」為終助詞，在此為提示別人「自己心理狀態」的意思。

P3-2-33

どうぞ。
請。

- 「どうぞ」有兩種情況，一種是向對方作出某些要求的表現、一種則是准許、給予對方東西的一種謙讓表現。
  在此意思屬後者。當要回應對方時，可以用「どうも（謝謝）」表示。

P3-2-34

1　<ruby>入国<rt>にゅうこく</rt></ruby>　の　<ruby>目的<rt>もくてき</rt></ruby>　は　<ruby>何<rt>なん</rt></ruby>ですか。
入境　的　目的　是　是什麼

- 「入国（入境）」和「目的（目的）」都是名詞，中間以「の（的）」修飾，即「入境的目的」。

2　<ruby>旅行<rt>りょこう</rt></ruby>　です。
旅行　是

- 「です」可以接在名詞後構成簡短的句子，意思為「是～」。

3 出張（しゅっちょう）です。

出張（しゅっちょう）	です。
出差	是

4 親戚（しんせき）の家（いえ）の訪問（ほうもん）です。

親戚（しんせき）	の	家（いえ）	の	訪問（ほうもん）	です。
親戚	的	家	的	拜訪	是

● 「親戚（しんせき）（親戚）」，「家（いえ）（家）」，「訪問（ほうもん）（拜訪）」都是名詞，所以都可以用「の」連貫整句表達。

5 どこに泊（と）まりますか。

どこ	に	泊（と）まりますか。
哪裡	在	住宿

● 表示位置的指示代名詞

這裡	那裡（離聽者較近）	那裡（離聽、說雙方都遠）	哪裡
ここ	**そこ**	**あそこ**	**どこ**

● 「泊（と）まりますか」是由「泊（と）まる（住宿、住）」的敬體再加上表示疑問的「か」所構成的句子。要變化為「泊（と）まる」的敬體時，將語尾的「る」改成為「同一行I段音的假名り」再加上「ます」即可。

泊（と）ま㋜……→り＋ます→泊（と）まります

6 新宿（しんじゅく）のプリンスホテルです。

新宿（しんじゅく）	の	プリンスホテル	です。
新宿	的	王子飯店	是

7 親戚（しんせき）の家（いえ）です。

親戚（しんせき）	の	家（いえ）	です。
親戚	的	家	是

8 滞在期間（たいざいきかん）は何日間（なんにちかん）ですか。

滞在期間（たいざいきかん）	は	何日間（なんにちかん）	ですか。
停留時間	是	幾天	是？

● 「何日（なんにち）」是「幾天」的意思。若要問「是幾月幾日？」時，可以用「何月何日（なんがつなんにち）ですか」的句型表達。

9 三日間（みっかかん） です。
三天　是

10 今日（きょう）、 帰（かえ）ります。
今天　回去

- おととい 前天 ← きのう 昨天 ← 今日（きょう） 今天 → あした 明天 → あさって 後天
- 「帰（かえ）ります」是「帰（かえ）る（回去、來）」的敬體。變化時，只要將「帰（かえ）る」的語尾「る」改為「同一行 I 段音的假名り」後接「ます」即可。

帰（かえ）る……→り＋ます→帰（かえ）ります

11 飛行機（ひこうき） の チケット を 見（み）せてください。
飛機　的　票　把　出示

- 「見（み）せてください」是由「見（み）せる（出示；給…看）」的て形接「ください」所構成的句子，為「請出示…」的意思。
「見せる」的て形變化是將語尾的「る」去掉，再接上「て」即可。

見（み）せる＋て→見（み）せて

12 どうぞ。
請

- 「どうぞ」是有兩種情況，一種是向對方作出某些要求的表現、一種則是准許、給予對方東西的一種謙讓表現。在此意思屬後者。

P3-2-㉟

1 何月（なんがつ） ですか。
幾月　是？

2 何日（なんにち） ですか。
幾日　是？

3

何曜日（なんようび）	ですか。
星期幾	是？

4

お誕生日（たんじょうび）	は	何月（なんがつ）	何日（なんにち）	ですか。
生日	是	幾月	幾日	是？

- 「生日」為「誕生日（たんじょうび）」，前面接續「お」，是丁寧表現。所以在詢問對方的生日時最好加上「お」，謙述自己生日時則不需要再加。

5

今日（きょう）	は	何月（なんがつ）	何日（なんにち）	何曜日（なんようび）	ですか。
今天	是	幾月	幾日	星期幾	是？

P3-2-36

もう、	覚（おぼ）えた。	…と、	言（い）いたい。
已經	記住	……（這樣的內容）	想說

- 「覚（おぼ）えた」是「覚（おぼ）える（記、背）」的過去式。要變化時，只要將「覚（おぼ）える」去掉語尾的「る」再加上「た」即可。

覚（おぼ）え（る）＋た→覚（おぼ）えた

- 「言（い）いたい」是「言（い）う（說）」的希望表現。變化時只要將語尾的「う」改為「同一行I段音的假名い」再加上「たい」即可。

言（い）（う）……▸い＋たい→言（い）いたい

「言（い）う」的敬體變化也有類似的情形，不過「う」的後面並不是接「たい」而是「ます」即可。

言（い）（う）……▸い＋ます→言（い）います

3 東京(とうきょう)の交通(こうつう)。東京的交通。

P3-3-01

複雑(ふくざつ)	すぎる。
複雜	過於

●「すぎる」有「經過、通過」或「（程度上）過分、過度」的兩種涵義。與動詞或形容詞進行接續時解釋為「太過～了」。是「過分、過度」的程度表現。

接動詞時

動詞的名詞形 ＋ すぎる

食(た)べすぎる（吃得太多）:「食(た)べる（吃）」去掉語尾「る」,變成名詞形的「食(た)べ」再接「すぎる」即可。

接形容詞時

形容詞去掉い ＋ すぎる

暑(あつ)すぎる（太熱）：「暑(あつ)い（熱的）」去掉い再接「すぎる」即可。

接形容動詞時

形容動詞的語幹（字典形）＋ すぎる

簡単(かんたん)すぎる（很簡單）：「簡単(かんたん)」再直接加上「すぎる」即可。

P3-3-02

日本(にほん)	の	電車(でんしゃ)	は、	どこにも	行(い)けて	便利(べんり)	だ	よ。
日本	的	電車	是	哪裡都	可以去	方便	是	喲

●「行(い)けて」是「行(い)く」的可能形「行(い)ける」的て形變化。變化為可能形時，只要將語尾的「く」改為「同一行 E 段音的假名け」，再加上「る」即可。

行(い)く……→け＋る→行(い)ける

「行ける」的て形變化是將語尾的「る」去掉後，再加上「て」。

行(い)けるˣ＋て→行(い)けて

●「だ」是表示斷定的助動詞。接在名詞或形容動詞之後，表示「是～、做～」的意思。

P3-3-03

あんたは、日本人（にほんじん）だからでしょう。

あんた	は、	日本人	だ	から	でしょう。
你	是	日本人	是	因為	是～吧。

- 「あんた」是「あなた」的略語，一樣表示「你」。這個表現比較適用於親朋好友之間。
- 「でしょう」主要使用於確認對方的同意及推測的情況。意思為「是～吧！」

我不知道啦。

知（し）らない。

不知道。

あんたでしょう？

是你吧？

快從實招來，冰箱裡的東西是不是你偷吃的，翻回81頁就真相大白啦。

P3-3-04

地下鉄（ちかてつ）より電車（でんしゃ）の方（ほう）が安（やす）い。

地下鉄	より	電車	の	方	が	安い。
地鐵	比	電車	的	方面	是	便宜

- 「～より～の方（ほう）が～」是一個句型，意思為「比起～（某一邊）更～」，是比較時使用的句型。

P3-3-05

複雑（ふくざつ）すぎると、わかりにくいから。

複雑すぎる	と、	わかりにくい	から。
太複雜	～的話	難理解	因為

- 「～と」的意思為「～的話」，表示假定的句型。
  接動詞和形容詞時，以原形（形容詞為字典形）接續。接名詞或形容動詞時，以「だ＋と」的句型接續。如果要表現的更鄭重點，能夠以「～ですと」「～ますと」的句型來架構。

動詞、形容詞（原形）＋と

名詞、形容動詞的字典形＋だ＋と

- 「にくい」與動詞的名詞形進行接續，表示「難以…（達到前動作）」。
  相反的，若要表示「輕易…（達到前動作）」，就在動詞的名詞形後加上「やすい」。
  「わかりにくい」是「わかる（知道、理解）」的名詞形「わかり」，再加上「にくい」的句型，即「難以理解」。

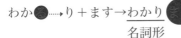

わかる……→り＋ます→わかり~~ます~~＋にくい→わかりにくい

（わかり：名詞形）

3 東京的交通

P3-3-06

面倒(めんどう)くさかった	んじゃない	の？
麻煩	不是	嗎？

- 「面倒(めんどう)くさかった」是「面倒(めんどう)くさい（麻煩）」的過去式。要變化過去式時，只要將形容詞語尾的「い」去掉後，再加上「かった」即可。

面倒(めんどう)くさ~~い~~＋かった→面倒(めんどう)くさかった。

- 「～んじゃない」接在動詞或形容詞之後，意思為「不是～嗎？」。另外，「～んじゃないの」也是一樣的意思。

P3-3-07

でも、	よく	わからない。
但是	好	不知道

- 「わからない」是「わかる（理解、明白）」的否定形。變化時只要將語尾「る」改為「同一行A段音的假名ら」，再加上「ない」即可。

わか~~る~~⋯→ら＋ない→わからない

P3-3-08

何(なに)、	これ、	前(まえ)	の	と	全然(ぜんぜん)	違(ちが)う	じゃん。
什麼	這個	之前	的	和	完全	不同	嘛

- 表示事物的指示代名詞

這個	那個（離聽者較近）	那個（離聽、說雙方都遠）	哪個
これ	**それ**	**あれ**	**どれ**

- 「前(まえ)の」的「の」是代名詞，這裡雖省略掉，但它是指「之前的某某東西」的意思。
- 「じゃん」是「～じゃないか（不是～嗎？）」的口語簡略表現。「違(ちが)うじゃん」即「不一樣嘛」的意思。

P3-3-09

10円(えん)	未満(みまん)	の	Suica	残額(ざんがく)	は	ご利用(りよう)	できません。
10日元	未滿	的	Suica	剩餘的金額	是	利用	不可以

- Suica「スイカ」是日本鐵道公司「JR東日本」的乘車票卡。

- 「ご利用（りよう）」的「ご」為尊敬意味的接頭語，在這裡以丁寧表現加強「利用（りよう）（利用）」的語氣。
- 「できません」是「できる（可以）」的敬體否定形。要變化時只要將「る」去掉後，再加上「ません」即可。

でき●る＋ません→できません

P3-3–⑩

すみません、この、電車（でんしゃ）、新宿駅（しんじゅくえき）まで 行（い）きますか。

請問 這個 電車 到新宿車站 去嗎？

- 「行（い）きますか」是由「行（い）く（去）」的敬體再接續表示疑問的「か」的所構成的疑問句型。「行（い）く」的敬體變化時，只要把語尾「く」改為「同一行 I 段音的假名き」，後再接「ます」即可。

行（い）●く→き＋ます→行（い）きます

P3-3–⑪

いいえ、この 次（つぎ） の 電車（でんしゃ） です。

不 這個 下一個 的 電車 是

- 肯定的回答為「はい」，否定的回答則是「いいえ」。如果是跟關係好的人在交談，也可以直接用「ええ」代替「はい」，「いえ」代替「いいえ」表達。

P3-3–⑫

いや、ここ じゃない。

不 這裡 不是～

- 「いや」表示否定的發語詞，與「いいえ」相同。
- 「～じゃない」是「～ではない（不是～）」的口語簡略句型。

私（わたし）は泣（な）き虫（むし）じゃない。
我不是愛哭鬼。

P3-3-⑬

向(む)こう	の	方(ほう)に	行(い)ってください。
對面	的	方向	請去

●「行(い)ってください」是用「行(い)く（去）」的て形變化接「ください」而形成，為「請去」的意思。「行(い)く」的て形變化是「行(い)って」。這是五段動詞て形變化中的唯一的特例，使用頻率也非常廣，請牢記。

行(い)く→行(い)って＋ください→行(い)ってください

P3-3-⑭

三番線(さんばんせん)	の	方(ほう)に	行(い)ってください。
三號月台		方向	請去

●我們來看一下1號月台到10號月台的日語表現吧。

一番線(いちばんせん)	二番線(にばんせん)	三番線(さんばんせん)	四番線(よんばんせん)	五番線(ごばんせん)
1號月台	2號月台	3號月台	4號月台	5號月台
六番線(ろくばんせん)	七番線(ななばんせん)	八番線(はちばんせん)	九番線(きゅうばんせん)	十番線(じゅうばんせん)
6號月台	7號月台	8號月台	9號月台	10號月台

P3-3-⑮

まもなく、	三番線(さんばんせん)	に	品川(しながわ)	方面(ほうめん)	の	下(くだ)り	電車(でんしゃ)	が	参(まい)ります。
馬上	三號線	在	品川	方向	的	下行	電車	是	進站

危(あぶ)ないです	から、	黄色(きいろ)い	線(せん)	の	内側(うちがわ)まで	お下(さ)がり下(くだ)さい。
危險	因為	黃色	線	的	內側	請退至

●「参(まい)ります」的原形「参(まい)る」是「行(い)く（去）」「来(く)る（來）」的謙讓語，謙遜自身的言行，從而達到對尊重對方的表現。這是比較謙遜的表現，請務必記下。

●「危(あぶ)ないです」是「危(あぶ)ない（危險（的））」的敬體。轉變為敬體時，只要在語尾「い」之後加上「です」即可。

危(あぶ)ない＋です→危(あぶ)ないです

P3-3-⑯

次(つぎ) は 有楽町(ゆうらくちょう) です。
下一個 是 有樂町（站） 是

P3-3-⑰

反対側(はんたいがわ) の ドア が 開(ひら)きます。
正對面 的 門 是 開

「開(ひら)きます」是「開(ひら)く（開）」的敬體。變化為敬體時，只要將語尾的「く」改為「同一行 I 段音的假名き」，後接「ます」即可。

開(ひら)●⋯⋯▸き＋ます→開(ひら)きます

P3-3-⑱

こちら の 側(がわ) の ドア が 開(ひら)きます。
這邊 的 側 的 門 是 開

P3-3-⑲

危(あぶ)ない から、 座(すわ)ってください。
危險 因為 請坐下

動詞的て形接「ください」時，是「請（做前動作）～」的意思。「座(すわ)ってください」是「座(すわ)る（坐）」的て形接「ください」的句型。「座(すわ)る」要變化成て形時，將語尾「る」改為「っ」再加上「て」即可。

座(すわ)●⋯⋯▸っ＋て→座(すわ)って

笑(わら)ってください。
請笑。

P3-3-⑳

1 いらっしゃいませ。
歡迎光臨。

③ 東京的交通

- 「いらっしゃいませ」是一般商家常用，客人光顧時的招呼語。一般招呼到自家來的訪客時使用「いらっしゃい」。
  不過有時，有些店老闆也會大呼「いらっしゃい」來歡迎客人。因為店面可能也同時是老闆自己的家，這樣子聽起來就比較親切。

2 東京駅（とうきょうえき） まで お願（ねが）いします。

東京駅	まで	お願いします。
東京站	到	拜託

- 「まで」是「到～」的意思。另外，請延伸記住一個很重要的句型「～から～まで」，是「從～到～」的意思。
- 「お願（ねが）いします」為「拜託」的意思。

3 東京駅（とうきょうえき） ですね。かしこまりました。

東京駅	ですね。	かしこまりました。
東京站	是啊	瞭解了

- 「ですね」解釋為「是～嗎？」，服務業從業人員會重複客人所說的話，再加上「ですね」，以確認客人所提出的內容。
- 「かしこまりました」是「わかりました（知道，瞭解）」的謙讓語。謙遜自己的言行，以達到尊重對方的表現。這句話是從事服務業人員的常用語。「わかる」要變化敬體時，將語尾「る」改為「同一行I段音的假名り」再接「ます」即可。

わかる⋯⋯→り＋ます→わかります

4 東京駅（とうきょうえき） に 着（つ）きました。

東京駅	に	着きました。
東京站	到	到達

- 「着（つ）きました」是「着（つ）く（到達）」的敬體過去式。變化敬體時將語尾「く」改為「同一行 I 段音的假名き」，再加上「ました」即可。

着（つ）く⋯⋯→き＋ました→着（つ）きました

5 料金（りょうきん）費用　は…為　2800円（えん）2800日元　ですね。是啊　どうぞ。請

「ですね」中的「ね」，在這裡一樣是跟對方「確認」的意思。

6 ちょうど 剛好　2800円（えん）2800日元　いただきました。收下了　ありがとうございます。謝謝

「ちょうど」是副詞，是「（程度）剛好、正巧」的意思。

ちょうど12時（12 點整）

「いただきました」是「もらいました（接受）」的謙讓語。「もらいました」是「もらう（接受）」的敬體過去式。要變化時將語尾「う」改為「同一行 I 段音的假名い」再接「ました」即可。

もら**う**……→い＋ました→もらいました

4 ホテルで。飯店住宿。

P3-4-01

やっと　着(つ)いた。

終於　到了

- 「やっと」為副詞，是「好不容易…、終於…、總算…」的意思。相同意思的副詞，另有「ようやく」、「かろうじて」。
- 「着(つ)いた」是「着(つ)く（到達）」的過去式。變化時，只要將語尾「く」改為「いた」即可。「着(つ)く」的過去式是將語尾「く」改為「い」再加上「た」即可。動詞過去式的常體變化跟て形變化很像喔！

着(つ)く……▸いた→ついた

P3-4-02

こっち　だ。

這裡　是

- 表示位置的指示代名詞

這裡	那裡（離聽者較近）	那裡（離聽、說雙方都遠）	哪裡
こっち	そっち	あっち	どっち

- 「だ」是「是～」的意思，表示肯定。

P3-4-03

チェックイン　お願(ねが)いします。

登記　請

- 「お願(ねが)いします」是「拜託、請」的意思。

P3-4-04

日本語(にほんご)　で　お願(ねが)いします。

日語　用　請

- 「で」是助詞，表示「手段和方法」，可解釋為中文「用～」的意思。

P3-4-05

1 ナナ様(さま) ですか。
娜娜小姐 是嗎？

● 「様(さま)」是「～先生、～小姐」的意思。是比「～さん（～先生、～小姐）」更為慎重的丁寧表現，在日本不論男女都用同樣的稱謂表示。

2 シングル・ルーム で、 今日(きょう) から 四日(よっか) まで 三泊(さんぱく) ですね。
單人間 以 今天 開始 四天 到 三夜 是吧

● おととい 前天 ← きのう 昨天 ← 今日(きょう) 今天 → あした 明天 → あさって 後天

● 從1日到10日

一日(ついたち)	二日(ふつか)	三日(みっか)	四日(よっか)	五日(いつか)
1日	2日	3日	4日	5日
六日(むいか)	七日(なのか)	八日(ようか)	九日(ここのか)	十日(とおか)
6日	7日	8日	9日	10日

● 順便記一下「～から～まで（從～到～）」的句型表現。

3 パスポート を 拝見(はいけん)させていただきます。
護照 把 請讓我看

● 「拝見(はいけん)させていただきます」是「見(み)せてもらいます（請出示）」的謙讓表現。

4 部屋(へや) は 24階(かい) の 32号室(ごうしつ) です。
房間 是 24樓 的 32號室 是

● 表示「樓層」的數詞「階(かい)」

一階(いっかい)	二階(にかい)	三階(さんがい)	四階(よんかい)	五階(ごかい)
1樓	2樓	3樓	4樓	5樓
六階(ろっかい)	七階(ななかい)	八階(はっかい)	九階(きゅうかい)	十階(じゅうかい)
6樓	7樓	8樓	9樓	10樓

5 こちら が 部屋（へや） の 鍵（かぎ） です。

こちら（這邊）這個／が 是／部屋 房間／の 的／鍵 鑰匙／です 是

● 表示位置的指示代名詞，較慎重的丁寧表現。

這邊（那裡）	那邊（那裡）（離聽者較近）	那邊（那裡）（離聽、說雙方都遠）	哪邊（哪裡）
こちら	そちら	あちら	どちら

6 カードタイプ に なっています。

カードタイプ 卡片形式／に 成／なっています 變化

●「～になっている」表示「在自然形成的一種狀態下」的「變成～、成為～」的意思。而「～にしている」則是根據自己的意志的「弄成～、成為～」。

私（わたし）は毎朝（まいあさ）ジョギングをすることにしている。

我決定每天早上都去晨跑。

7 そして、 こちら が 朝食券（ちょうしょくけん） です。

そして 還有／こちら 這裡（這邊）／が 是／朝食券 早餐券／です 是

● 朝食（ちょうしょく） 早餐 — 昼食（ひるしょく） 午餐 — 夕食（ゆうしょく） 晚餐 — 夜食（やしょく） 宵夜

8 四日（よっか） の チェックアウト は、 10時（じ） まで です。

四日 四日／の 的／チェックアウト 退房時間／は 是／10時 10點／まで 到／です 是

9 それでは、 どうぞ ごゆっくり おくつろぎください。

それでは 那麼／どうぞ 請／ごゆっくり 慢慢／おくつろぎください 休息

- 「どうぞ」是有兩種情況，一種是向對方作出某些要求的表現、一種則是准許、給予對方東西的一種謙讓表現。在此意思屬前者。
- 「ゆっくり」是副詞，表示「慢慢、緩慢」的意思，前接「ご」構成尊敬表現。
- 「おくつろぎください」是「くつろいでください（請慢慢休息）」的丁寧表現。「くつろいでください」是由「くつろぐ（放鬆一下）」的て形接「ください（請）」的句型構成，是「請好好休息一下」的意思。
「くつろぐ」的て形變化時，只需要將語尾「ぐ」改為「いで」即可。

くつろ㋖……→いで→くつろいで

10 どうも。
謝謝

- 「どうも」是「非常、很」的意思，所以「どうも、ありがとうございます」則有「非常感謝」的意思。然「どうも」本身很微妙的也有「感謝」的成份在，所以表達「感謝」時，也可以單獨使用。

P3-4–06

めんどうくさい（麻煩） から、（因為） 後（あと）で（之後） 聞（き）こう。（聽吧）

- 「聞（き）こう」是「聞（き）く」的推量形。「聞（き）く」同時具有「聽」及「問」的意思。當聽到對方說「聞く」時，到底是哪一個意思呢？必需按當下的情況來判斷。
「聞（き）く」的意志形是將語尾的「く」改為「同一行O段音的假名こ」，再加上「う」即可。

聞（き）㋗……→こ＋う→聞（き）こう

P3-4–07

チェックアウト（退房） は、（是） 何時（なんじ）（幾點） まで（到） ですか。（是？）

- 詢問時間的表現

今（いま）、何時（なんじ）ですか。請問現在是幾點？

何時（なんじ）からですか。請問是從幾點開始？

営業時間（えいぎょうじかん）は何時（なんじ）から何時（なんじ）までですか。請問營業時間是幾點到幾點？

P3-4-08

全然（ぜんぜん）、　わからない。

完全　不知道

●「全然（ぜんぜん）」是「完全、一點都（不）…」的意思，後面一定要接否定的表現。雖然最近開始會聽到接肯定的說法，但這已經偏離了正統的日語，屬錯誤用法。

才剛運動完就吃這麼多東西啊？

全然（ぜんぜん）、大丈夫（だいじょうぶ）。

我才不在乎。

P3-4-09

落（お）ち着（つ）いて、　やってみよう。

冷靜　嘗試

●「落（お）ち着（つ）いて」是「落（お）ち着（つ）く（沉著、冷靜）」的て形。要變化為て形時，只要將語尾的「く」改為「い」再加上「て」即可。

落（お）ち着（つ）く……→い＋て→落（お）ち着（つ）いて

●「やってみよう」是「やってみる（做看看）」的推量形。「やってみる」是由「やる（做）」的て形接補助動詞「みる」的句型架構，有「做看看（前動作）」的意思。

「やる」的て形變化時，只要將語尾「る」改為「っ」再加上「て」即可。

やる……→っ＋て→やって

「やってみる」的推量形就是去掉語尾的「る」，再接續「よう」即可。

やってみる＋よう→やってみよう

P3-4-10

カード　を　矢印（やじるし）　の　方向（ほうこう）　に　差（さ）し込（こ）んで　抜（ぬ）いてください。

卡　把　箭頭　的　方向　到　插入　拔出來

●「差（さ）し込（こ）んで」是「差（さ）し込（こ）む（插入、扎進）」的て形。

「差（さ）し込（こ）む」的て形變化，只需要將語尾「む」改為「ん」再加上「で」即可。

差（さ）し込（こ）む……→ん＋で→差（さ）し込（こ）んで

●「抜いてください」是「抜く（拔）」的て形變化接「ください」的句型，是「請拔出…」的意思。て形變化時，只需將語尾的「く」改為「い」再加上「て」即可。

抜く……→い＋て→抜いて＋ください→抜いてください

P3-4-⑪

緑 ランプ が つきましたら、 ドアハンドル を 回してください。
綠 燈 是 亮起來的話 門把 把 請旋轉

●「つきましたら」是「つく（附上（點亮））」的敬體假定形。變化時只要將「つく」的語尾「く」改為「同一行I段音的假名き」加上「ました」後，然後再接有假定意思的「ら」即可。

つく……→き＋まして→つきました＋ら→つきましたら

●「回してください」為「回す（旋轉）」的て形接「ください」的句型。「回す」的て形變化時，是將語尾「す」改為「し」再加上「て」即可。

回す……→し＋て→回して

P3-4-⑫

開いた、 開いた～。 意外と 簡単だ ね。
打開了！ （打開了！） 意外 簡單 吧（確認）

●「開いた」是「開く」的過去式。
「開く」的過去式是將語尾「く」改為「い」再加上「た」。

開く……→い＋た→開いた

●「～だ」接在名詞、形容動詞之後，表示「是～」的意思。

P3-4-⑬

赤いランプ が 点灯した場合、 ドア は 開きませんので
紅燈 是 亮的情況 門 是 打不開

フロント へ お問い合わせください。 …なんだって。
櫃台 到 請洽詢 等等…

4 飯店住宿

●「赤いランプ」意為「紅燈」。當形容詞後接名詞時，直接以原形接續就好。

原形　　名詞

大きい 大 ＋ 顔 臉 → 大きい顔 大張的臉

●「点灯した場合」為「燈亮起的情況」的意思。動詞後接名詞時，不論是「動詞原形＋名詞」或「動詞過去式+名詞」的句型都可以。簡單論述一下其兩種不同的差別，假設以「点灯する場合」為例，指不見得會打開電燈，但「若要打開電燈…則怎樣怎樣…」。而「点灯した場合」則是過去式，「若已打開電燈…則怎樣怎樣…」的差別。

●「お問い合わせてください」是「問い合わせる（諮詢）」的丁寧表現，意思是「請去詢問」。是一般服務台常使用的慣用句。在這裡作「請至…洽詢」之意。

P3-4-⑭

あ～、　ベッド　だ。
啊～　床　是

●名詞接「だ」，意思是「是～」。這樣就能架構最簡單的句型。

P3-4-⑮

疲れた。
累了

●「疲れた」是「疲れる 疲勞」的過去式。變化時只要將「る」去掉後再接「た」即可。

疲れ［る］＋た→疲れた

●日語有的過去式的也有表示現在狀態的情況。

①疲れた。累（身體產生疲累感。現在累了（已經有疲累感），所以是過去式）。

②のどが渇いた。口渴（產生口渴感。現在渴了（已經有口渴感），所以是過去式）。

③お腹がすいた。肚子餓（產生饑餓感。現在餓了（已經有饑餓感），所以是過去式）。

P3-4-⑯

髪の毛　を　乾かす。
頭髮　把　弄乾

●「髪の毛」是名詞接の再接名詞的複合名詞，意思為「頭髮」。但單單「髪」也有「頭髮」的意思。

髪 頭髮＋の＋毛 毛→ 髪の毛 頭髮

P3-4–⑰

掃除(そうじ)　して　ください。

掃除(そうじ)	して	ください。
清掃	做	請

- 「してください」是由「する（做）」的て形接「ください」所構成的句型，「請做…」的意思。
- 「する」的て形變化時，是將「する」改為「して」，這是特殊的不規則變化，請特別牢記。

する……→して＋ください→してください

P3-4–⑱

起(お)こさないでください。

起こさないでください。
請不要叫醒

- 「起(お)こさないで下(くだ)さい」是由「起(お)こす（叫醒）」的否定形再加上「でください」所構成的句型，「請不要～」的客氣表現。「起(お)こす」的否定形變化時，只要將語尾的「す」改為「同一行A段音的さ」，再接「ない」即可。

起(お)こす……→さ＋ない→起(お)こさない＋で下(くだ)さい→起(お)こさないで下(くだ)さい

笑(わら)わないで下(くだ)さい。
請不要笑。

P3-4–⑲

二階(にかい)　の　レストランで、　7時(じ)　から　10時(じ)　まで　ね。

二階(にかい)	の	レストランで、	7時(じ)	から	10時(じ)	まで	ね。
二樓	的	在餐廳	7點	從	10點	到	吧（確認）

- 「ね」為終助詞，意思為「～吧」，有向對方確認的意思。

P3-4–⑳

お一人(ひとり)　様(さま)　ですか。

お一人(ひとり)	様(さま)	ですか。
一人	～先生/～小姐	是嗎？

- 「お一人(ひとり)」是「一人(ひとり)（一個人）」加上接頭語「お」所構成的尊敬表現。

複習怎樣表示一人到十人。

ひとり	ふたり	さんにん	よにん	ごにん
一人	兩人	三人	四人	五人
ろくにん	**ななにん**	**はちにん**	**きゅうにん**	**じゅうにん**
六人	七人	八人	九人	十人

請注意：一人、兩人時的唸法比較特別。

- 「様（さま）」表示「～先生、～小姐」，主要是對長輩、地位高、客人等的敬稱。「お一人様（ひとりさま）」相當常用，即「您一個人」的意思。

P3-4–21

どれ　も　おいしそう～。
什麼　也　好像會好吃

- 「どれ」表示「哪個？」。助詞「も」是「也、都」的意思。當後面加上助詞「も」後，就為「哪一個都（每個都）…」的意思。
- 「おいしそう」是「おいしい（好吃）」的樣態表現，即「好像很好吃」的意思。形容詞的樣態表現變化時，只要先去掉語尾「い」，改為「そうだ」即可。會話時更可以省略掉「だ」。

おいし(い)＋そうだ→おいしそうだ

P3-4–22

おいしい～。
好吃

- 「おいしい」是「好吃」的意思，「まずい」則是「難吃」的意思。形容詞的否定形變化時，只要去掉語尾「い」，再加上「くない」即可。

おいし(い)＋くない→おいしくない＝（也等於）まずい

P3-4–23

もう、　食（た）べられない。
已經　吃不下了

- 「食（た）べられない」是由「食（た）べる（吃）」的可能形「食（た）べられる（可以吃）」再轉變為否定形的表現。「食（た）べる」的可能形只要將語尾「る」去掉，再加上「られる」即可。

食（た）べ(る)＋られる→食（た）べられる

「食べられる」的否定形變化時，只要將語尾「る」去掉，再加上「ない」即可。

食べられ●＋ない→食べられない

P3-4–㉔

食べすぎ　は　やめましょう。
吃太多　是　不要吧

- 「食べすぎ」是「食べすぎる（吃太多）」動詞名詞化的句型，是「過量、吃得過多」的意思。動詞要名詞化時，只要將原形時的「る」去掉即可。
「食べすぎる」是「食べる（吃）」及「すぎる（程度）過度、過分」組合構成的複合動詞，是「吃得過多」的意思。

- 「やめましょう」是「やめる（放棄）」的敬體推量形，是「放棄吧！」的意思。
「やめる」的敬體推量形變化時，只要去除語尾「る」後，再加上「ましょう」即可。

やめ●＋ましよう→やめましょう

P3-4–㉕

1　あの、　チェックアウト　お願いします。
那個　退房　請

- 「お願いします」為拜託別人時使用的表現，一定要牢記。

2　はい、　かしこまりました。　2432號室ですね。　少々　お待ちください。
好的　瞭解了　是2432號室啊　稍微　請等

- 「かしこまりました」是「わかりました（知道、瞭解）」的謙讓語。謙遜自身的言行，以達到尊重對方的表現。這句話是服務業從事人員的常用語。「わかる」要變化敬體時，是將語尾「る」改為「同一行I段音的假名り」再接「ます」的過去式「ました」以表示「已經知道、已經瞭解」。

わか●┈→り＋ました→わかりました

- 「ですね」是「是～吧」，是在跟對方確認時的表現。

3 追加料金（ついかりょうきん）の明細（めいさい）です。ご確認（かくにん）ください。

追加費用／清單／是／請確認

- 「明細（めいさい）」意為「清單」，也是「明細書（めいさいしょ）（明細表）」的簡稱。
- 「ご確認（かくにん）ください」是「確認（かくにん）してください（請確認）」的尊敬表現。不論是前者或後者，這裡的意思皆是「請確認」！

4 ありがとうございました。また お越（こ）しくださいませ。

謝謝／再／光臨

- 「お越（こ）しくださいませ」解釋為「歡迎再度光臨」。一般常用於客人離開店家時，店員講的招呼用語。

5 はい、どうも。

好的／謝謝

- 「どうも」是表示感謝的用語。

5 食(た)べたり、飲(の)んだり。吃吃喝喝。

P3-5–01

豆(まめ) は 大嫌(だいきら)い。
豆子 是 超討厭

- 「大嫌(だいきら)い」是形容動詞，意為「超討厭的」的意思。相對的，「超喜歡的」則是「大好(だいす)き」。

P3-5–02

おいしそう。
好像很好吃

- 「おいしそう」是「おいしい（好吃的）」的樣態表現，即「好像很好吃的」的意思。形容詞的樣態表現變化時，只要先去掉語尾「い」，改為「そうだ」即可。會話時更可以省略掉「だ」。

おいし~~い~~＋そうだ→おいしそうだ

P3-5–03

うまそう。
好像很好吃

- 「うまそうだ」是「うまい（好吃的）」的樣態表現。「うまい」是形容詞，有「好吃的、很好的」的意思。當「うまい」用在表示「食物好吃的」時，主要是男性用語的表現。不過最近也慢慢有很多女性開始講「うまい」。

P3-5–04

テレビ アニメ で 見(み)たことがある。
電視 卡通 在 看過

- 「アニメ」是「アニメーション（卡通）」的簡稱。
- 「見(み)たことがある」是一種表示「曾看過」的句型。動詞的過去式後再接上「ことがある」，表示「曾做過（前動作）這樣的事」，也就是指過去曾有過經驗，即「有過～」的意思。相對的，表示「過去不曾有經驗」時，就反過來把「ある」改成「ない」，構成「ことがない」的句型即可。「見(み)る」的過去式變化是，去掉語尾的「る」，再加上「た」即可。

見(み)~~る~~＋た→見(み)た＋ことがある→見(み)たことがある

P3-5-05

すみません。　お玉（たま）　ください。

對不起　調羹　請給

- 「すみません」是「抱歉、謝謝、失禮」的意思。
- 「お玉（たま）」是「調羹」的意思，「しゃくし」則是「（舀湯的）湯勺」。

P3-5-06

腕（うで）、痛（いた）そう。

手臂　好像疼

- 「痛（いた）そう」是形容詞「痛（いた）い（疼的）」的樣態表現，即「好像很痛的～」的意思。這裡是省略「だ」的口語會話。

痛（いた）い+そう→痛（いた）そう

P3-5-07

私（わたし）　に　任（まか）せて。

我　給　託付

- 「任（まか）せて」是「任（まか）せる（託付）」的て形，這個單字在て形表現時，結尾則有點輕微的命令感。て形變化時只要將「任（まか）せる」的語尾「る」去掉，再加上「て」即可。

任（まか）せる+て→任（まか）せて

P3-5-08

ご注文（ちゅうもん）　は？

點餐　是？

- 「ご注文（ちゅうもん）は？」是「ご注文（ちゅうもん）はお決（き）まりですか？（決定要點什麼餐了嗎？）」的省略表現。不過這個表現並不會有所失禮。當接頭語「ご」存在時，仍讓人有受到尊敬的感覺。
「お決（き）まりですか（決定了嗎？）」是「決（き）まりましたか（決定了嗎？）」的丁寧表現。原形是「決（き）まる（決定）」。

P3-5-⑨

牛丼（ぎゅうどん）、なみ、ひとつ。
牛肉蓋飯　普通　一份

P3-5-⑩

かしこまりました。
瞭解了

「かしこまりました」是「わかりました（知道、瞭解）」的謙讓語。對自己的言行表示謙虛，以達到尊重對方的表現。這句話是服務業從事人員的常用語。「わかる」的要改成敬體過去式時，是將語尾「る」改為「同一行I段音的假名り」，再接「ました」以表示「已經知道、已經瞭解」。

わか●┈┈→り＋ました→わかりました

P3-5-⑪

牛丼（ぎゅうどん）、なみ、一丁（いっちょう）。
牛肉蓋飯　普通　一個

「丁（ちょう）」是豆腐、書的計量單位。也是餐飲業的行話，「份」的意思。

P3-5-⑫

1 いくら　ですか。
多錢　是？

是詢問價格時一定會用到的句子，請務必牢記。

2 390円（えん）　に　なります。
390日元　成　變化

「～になります」是「成為～」的意思。是一種自然而然的結果形成，在這裡有「總計…」的意思。
「なります」是「なる（成為）」的敬體。「なる」的敬體變化，是將語尾「る」改為「同一行I段音的假名り」後，再加上「ます」即可。

な●┈┈→り＋ます→なります

3 400円（えん） いただきました。

400日元　得到

- 「いただきました」是「もらいました（接受）」的謙讓語。「もらいました」是「もらう（接受）」的敬體過去式。要變化時將語尾「う」改為「同一行I段音的假名い」再接「ました」即可。

もら~~う~~⋯⋯→い＋ました→もらいました

4 10円（えん） の おかえし です。 ありがとうございました。

10日元　的　零錢　是　謝謝

- 「おかえし」是由動詞「返す（かえす）（返還）」名詞化而來，表示慎重的丁寧表現。這是商家要找零錢時會說的話，強調的是「找給客人的錢」。

P3-5–⑬

高くて（たかくて） 食べられない（たべられない）。

貴　不能吃

- 「高くて（たかくて）」是「高い（たかい）」的て形，是「貴的」的意思。て形變化時，只需要將語尾「い」去掉再加上「くて」即可。

高（たか）~~い~~＋くて→高くて（たかくて）

- 「食べられない（たべられない）」是由「食べる（たべる）（吃）」的可能形「食べられる（たべられる）（可以吃）」再轉變為否定形的表現。「食べる（たべる）」的可能形只要將語尾「る」去掉，再加上「られる」即可。

食べ（たべ）~~る~~＋られる→食べられる（たべられる）

「食べられる（たべられる）」的否定形變化時，將語尾「る」去掉再加上「ない」即可。

食べられ（たべられ）~~る~~＋ない→食べられない（たべられない）

P3-5–⑭

1 いらっしゃいませ。 何名様（なんめいさま） ですか。

歡迎光臨　幾位　是？

- 「何名（なんめい）（幾名）」後接續表示尊敬的「様（さま）」，為「幾位」的意思。

2　一人(ひとり)　です。
一人　是

●「一人(ひとり)」表示「一人」，「二人(ふたり)」表示「兩人」。這兩個發音比較特別，請務必牢記。

3　奥(おく)　の　方(ほう)　へ、　どうぞ。
裡　的　方面　往　請

●「どうぞ」的用途較廣，在這裡則是表示店員引導客人至店內就座之意。

4　二階(にかい)　の　方(ほう)　へ、　どうぞ。
二樓　的　方面　往　請

5　ご注文(ちゅうもん)　が　お決(き)まりでしたら、お呼(よ)びください。
點餐　是　如果決定了　請叫

●「ご注文(ちゅうもん)」的接頭語「ご」是表示尊敬的意思。

●「お決(き)まりでしたら」是「如果決定好了的話」的敬體假定形。初級文法中看起來也許難度較高，目前就先知道個大概就好。

●「お呼(よ)びください」是「呼(よ)んでください（請叫）」的尊敬表現。「呼(よ)んでくさい」是由「呼(よ)ぶ（叫）」的て形再接「ください」所構成的句型，為「請呼叫～」的意思。要變化為「呼(よ)ぶ」的て形時，只需要將語尾「ぶ」改為「ん」再加上「で」即可。

呼(よ)ぶ……→ん＋で→呼(よ)んで＋ください→呼(よ)んでください

P3-5-⑮

1　はい、　お決(き)まりになりましたか。
好的　決定好了嗎？

●「お決(き)まりになりましたか」是「決(き)まりましたか（決定好了嗎？）」的丁寧表現。難度較高，這裡只需要先瞭解語義就好。

2 はい、レディース　セット　ください。

好的　女士　套餐　請

● 在餐廳向店員點餐時的用語有兩種，一種是「～ください（請～）」，另一種是「～でお願いします（請～）」。

3 レディースセット　ですか。かしこまりました。少　々　お待ちください。

女士套餐　是嗎？　瞭解了　稍微　請等

● 「ですか」為「是嗎？」的意思。一般加在重複對方所說的內容之後，為跟對方作確認的表現。

● 「お待ちください」是「待ってください（請等）」的尊敬表現。
「待ってください」是由「待つ（等）」的て形再接「ください」，為「請稍等」的意思。「待つ」的て形變化時，只需將語尾「つ」改為「っ」再加上「て」即可。

待つ……っ＋て→待って＋ください→待ってください

P3-5-⑯

1 お待たせ致します。

讓您久等了

● 在餐廳店員們上菜時，不管讓客人等了多久，都會講這句客套話。另外，任何讓朋友多等了一會兒的情況下，也可以使用「お待たせ」來問候，即「久等了」的意思。

ううん、私も今、来たばかり。
沒有，我也是剛來而已。

お待たせ。
等很久了嗎？

不管真的是剛來，還是已經等很久，一般為了不讓對方內疚，都會這樣回答。

2 ご注文(ちゅうもん) の レディースセット です。

你點餐 的 女士套餐 是

● 這裡的「の」表示「～的」。「の」依場合不同各有不同的涵義，依據前後文來判斷它的意思。這裡作「的」用。

3 ごゆっくり 召(め)し上(あ)がってください。

請慢 請享用

● 「召(め)し上(あ)がってください」是「食(た)べてください（請吃）」的尊敬表現。
「食(た)べてください」是「食(た)べる（吃）」的て形接「ください」所構成的句型，為「請吃…」的意思。要變為「食(た)べる」的て形變化時，只需將語尾「る」去掉再加上「て」即可。

食(た)べ~~る~~＋て→食(た)べて＋ください→食(た)べてください

4 いただきます。

我開動了。

● 是用餐前講的話。用完餐後一般會說「ごちそうさまでした」或簡略表現的「ごちそうさま」來表示感謝。

P3-5-⑰

あの 人(ひと) が 食(た)べている の ください。

那個 人 是 正在吃 的 請給

● 「食(た)べている」是由「食(た)べる（吃）」的て形，接續表示存在狀態的「いる」，為「正在吃…」的意思。要變為「食(た)べる」的て形變化時，只需將語尾「る」去掉再加上「て」即可。

食(た)べ~~る~~＋て→食(た)べて＋いる→食(た)べている

P3-5-⑱

1 お勘定(かんじょう) は？

買單 是？

● 結帳的表現為「勘定(かんじょう)」。「計算(けいさん)」也是一個計算的動作，不過僅用於數學之中。

2 あちら の レジ で お願(ねが)いします。

あちら（那裡） の（的） レジ（櫃檯） で（在） お願いします。（請）

- 表示位置的指示代名詞（丁寧表現）

這裡	那裡（離聽者較近）	那裡（離聽、說雙方都遠）	哪裡
こちら	そちら	あちら	どちら

- 「レジ」是「レジスター」的簡稱，即「收銀台」的意思。

3 いくら ですか。

いくら（多少錢） ですか。（是？）

- 是詢價時必備的用語，請務必牢記下來。

4 レディースセット、 ひとつ、 780円(えん) に なります。

レディースセット、（淑女套餐） ひとつ、（一個） 780円（780日元） に（成） なります。（變為）

- 「～になります」是「變為～」的意思。是一種自然而然的結果形成，在這裡有「總計…」的意思。

「なります」是「なる（變為）」的敬體。「なる」的敬體變化，是將語尾「る」改為「同一行I段音的假名り」後再加「ます」即可。

な❸……→り＋ます→なります

5 800円(えん)、いただきました。20円(えん) の おつり です。ありがとうございました。

800円、（800日元） いただきました。（接收） 20円（20日元） の おつり（零錢） です。（是） ありがとうございました。（謝謝）

- 「いただきました」是「もらいました（接受）」的謙讓語。「もらいました」是「もらう（接受）」的敬體過去式。要變化時將語尾「う」改為「同一行I段音的假名い」再接「ました」即可。

もら❺→い＋ました→もらいました

P3-5-⑲

1 生麺（なまめん）を ゆでる。
生麺 把 煮

- 生麺（なまめん） 生麵 ↔ ゆで麺（めん） 熟麵
- 「ゆでる」是動詞，是「煮、汆燙」的意思。
  野菜（やさい）をゆでる。 燙青菜。
  たまごをゆでる。煮雞蛋。

2 水（みず） を きる。
水 把 抽出

- 「きる」的漢字為「切（き）る」。一般是「切、砍」的意思，但也有「（將水）抽出」的意思。

3 スープ を 注（そそ）ぐ。
湯 把 倒入

- 「注（そそ）ぐ」是動詞，「（將液體）倒入、注入」的意思。

4 麺（めん） を もる。
麵 把 盛

- 「もる」的漢字為「盛（も）る」，是「裝入、盛到（碗裡）」的意思。

5 具（ぐ） を のせる。
配料 把 放上

- 「具（ぐ）」一般常用作「道具、手段、用具」的意思。用於料理時，則有「食材」的意思。
- 「のせる」是動詞，是「搭乘」或「擺置上」的意思，用於報章雜誌時，則有「刊登、記載」的意思。

P3-5-⑳

1 お金（かね） を 入（い）れる。

お金	を	入れる。
錢	把	放入

● 「入（い）れる」是動詞，是「放入」的意思。「入（い）れる」與「進入」的自動詞「入（はい）る」很像，初學者常常都會搞混，所以要特別注意漢字「入」跟「る」中間是否有「れ」來做辨別。

2 メニュー の ボタン を 押（お）す。

メニュー	の	ボタン	を	押す。
功能表	的	按鈕	把	按

● 「押（お）す」是動詞，是「（從後面）推、按」的意思。

3 食券（しょっけん） が 出（で）る。

食券	が	出る。
食券	是	出來

● 「出（で）る」是自動詞，是「出來、出去」的意思。另外有一個他動詞是「出（だ）す」，是「拿出、發出」的意思。兩個看似很像，但使用上明顯不同，務必要分辨清楚。

4 おつり が あれば 出（で）る。

おつり	が	あれば	出る。
零錢	是	如果有	出來

● 「あれば」是「ある」的假定形。要變化為「ある」的假定形時，只需將語尾「る」改為「同一行E段音的假名れ」再加上「ば」即可

あ⃝る……→れ＋ば→あれば

5 食券（しょっけん） を 店員（てんいん） に 渡（わた）す。

食券	を	店員	に	渡す。
食券	把	店員	給	交給

● 「渡（わた）す」是他動詞，是「交付」的意思。另外一個相似的「渡（わた）る」則是自動詞，是「渡過、渡來」的意思。

6 料理(りょうり)　が　出(で)る　の　を　待(ま)つ。
料理　是　出來　的　把　等

7 料理(りょうり)　が　出(で)る。
料理　是　出來

8 おいしく　食(た)べる。
好吃　吃

- 當形容詞的語尾「い」去掉，再加上「く」時，就可以修飾動詞。

おいし(い)＋く→おいしく＋食(た)べる→おいしく食(た)べる

P3-5–㉑

本当(ほんとう)に　言葉(ことば)　が　要(い)らない。
真的　言語　是　不需要

- 「本当(ほんとう)」意為「真的」。接在「に」之後則有「真的…、很…」的意思。
- 「要(い)らない」是「要(い)る（需要）」的否定形。要變化為「要(い)る」的否定形時，只要將語尾「る」改為「同一行A段音的假名ら」再加「ない」即可。

要(い)(る)……ら＋ない→要(い)らない

P3-5–㉒

これ　って、　いい　のか　悪(わる)い　のか、　よく　わからない　ね。
這個　所謂　好　是嗎　壞　是嗎　好　不知道　啊

- 表示事物的指示代名詞

這個	那個（離聽者較近）	那個（離聽、說雙方都遠）	哪個
これ	**それ**	**あれ**	**どれ**

- 「～って」表示「所謂～」。
- 「わからない」是「わかる（知道、瞭解）」的否定形。要變化為「わかる」的否定形時，只需將語尾「る」改為「同一行A段音的假名ら」再接「ない」即可。

わか(る)……ら＋ない→わからない

P3-5-23

ボタン を 押(お)すと お湯(ゆ) が 出(で)る。
按鈕 把 如果按 熱水 是 出來

「押(お)す」是動詞，為「按」的意思。在這裡以原形再接續有假定意思的助詞「と」，則是「如果按的話」的意思。

P3-5-24

お湯(ゆ) に 緑茶(りょくちゃ) ティーバッグ を 入(い)れる。
熱水 在 綠茶 包裝茶 把 放

「入(い)れる」是他動詞，為「放入」的意思。「入(はい)る」是自動詞，「進去」的意思。兩者非常相像，一定要特別注意。

P3-5-25

お飲(の)み物(もの) は、お茶(ちゃ) で よろしいですか？
飲料 是 茶 用 可以嗎？

「よろしいですか」是「いいですか（好嗎？可以嗎？）」的丁寧表現。

P3-5-26

手(て) を ふく。
手 把 擦

「ふく」是動詞，為「擦拭」的意思。

汗(あせ)をふく。
擦汗。

呼～終於擦完了。媽媽
灰姑娘，是讓妳擦地，不是讓妳擦汗？！

P3-5-㉗

すし	を	とる。
壽司	把	拿

● 動詞「とる」除了有「取、拿」的意思外，還包含「（果實）摘」、「收」、「偷」、「搶」等涵義。所以需根據前後文來判斷，並釐清用法。

P3-5-㉘

テーブル	の	上（うえ）	に	鉄板（てっぱん）	が	ある。
桌子	的	上面	在	鐵板	是	有

● 表示位置的表現

上（うえ）　上　　下（した）　下　　横（よこ）　旁邊　　旁（そば）　身邊

中（なか）　中間、裡面　　外（そと）　外面　　左（ひだり）　左　　右（みぎ）　右

P3-5-㉙

今（いま）	じゃないと	食（た）べられない	んだって。
現在	不是的話	吃不到	說～

● 「じゃないと」是「～じゃない（不是～）」接「と」而成的假定表現，即「不…的話…」的意思。

● 「食（た）べられない」是由「食（た）べる（吃）」的可能形「食（た）べられる（能吃）」變來的否定形。要變化為「食（た）べる」的可能形時，只需將語尾「る」去掉再加上「られる」即可。

食（た）べ~~る~~＋られる→食（た）べられる

要變化為「食（た）べられる」的否定形時，只需將語尾「る」改為「ない」即可。

食（た）べられ~~る~~＋ない→食（た）べられない

P3-5-㉚

1

お決（き）まりですか。	ご注文（ちゅうもん）	どうぞ。
決定好了嗎？	點餐	請

● 「お決（き）まりですか」是表示「決定好了嗎？」的尊敬表現。

● 「どうぞ」是「請～」的意思。

2	エビバーガー	と	コーラ	ください。
	蝦漢堡	和	可樂	請給我

3	コーラ	の	サイズ	は？
	可樂		大小	為？

4	エム	で。
	M	以

5	エビバーガー	と	コーラ	エムサイズ	で	よろしいですか。
	蝦漢堡	和	可樂	M號杯	以	可以嗎？

● 「よろしい」是「いい（好、不錯）」的丁寧表現。這裡是店員跟顧客說：「這樣就好了嗎？」。

6	こちら	で	召(め)し上(あ)がりますか。
	這裡	在	用餐嗎？

● 「召(め)し上(あ)がりますか」是「食(た)べますか（吃嗎？）」的尊敬表現。
「食(た)べますか」是「食(た)べる（吃）」的敬體加上疑問的助詞「か」構成的疑問句。要變化為「食(た)べる」的敬體時，只要去除語尾「る」再加「ます」即可。

食(た)べる＋ます→食(た)べます＋か→食(た)べますか

7	いいえ、	持(も)ち帰(かえ)り	で。
	不	帶走	以

● 「持(も)ち帰(かえ)り」是「持(も)ち帰(かえ)る（拿回去）」的動詞名詞化，意思為「拿走」。故「持(も)ち帰(かえ)り」在購買餐點時，則有「外帶」的意思。

8	全部(ぜんぶ)	で	520円(えん)	になります。
	全部	為	520日元	變為

- 店員向顧客報價時，常以「～円(えん)になります（是（多少）～日元）」代替「～円(えん)です（是～日元）」的句型。

9

1000円(えん)	預(あず)かりました。	480円(えん)	の	おつり	です。	少々(しょうしょう)	お待(ま)ちください。
1000日元	收下	480日元	的	零錢	是	稍微	請等

- 「預(あず)かりました」的意思是指「接受保管」，一般在購物時，收銀員都會講這句話，這時指的是「受理顧客的錢」。「預(あず)かりました」是「預(あず)かる」敬體過去式。要變化為「預(あず)かる」敬體過去式時，只需將語尾「る」改為「同一行A段音的假名り」再加「ました」即可。

預(あず)か㋸……→り＋ました→預(あず)かりました。

P3-5-㉛

メニュー	を	選(えら)ぶ。
菜單	把	選擇

- 「選(えら)ぶ」是動詞，為「挑選、選擇」的意思。

P3-5-㉜

サイズ	を	選(えら)ぶ。
尺寸	把	選擇

P3-5-㉝

1

ドリンク	は	お決(き)まりですか。
飲料	是	決定好了嗎？

2

はい、	カフェモカ	で。
是的	摩卡咖啡	用

3

サイズ	は？
大小	為？

4

トール	で。
中杯	用

5 ご注文(ちゅうもん)の確認(かくにん)を致(いた)します。カフェモカ、トールサイズですね。

點餐 的 確認 把 做 摩卡咖啡 中杯號 是吧？

●「致(いた)します」是「します（做）」的謙讓語。「します」則是不規則動詞「する（做）」的敬體。

6 こちらで召(め)し上(あ)がりますか。

這裡 在 用餐嗎？

●「召(め)し上(あ)がりますか」是「食(た)べますか（吃嗎？）」的尊重表現。「食(た)べますか」是由「食(た)べる」的敬體接續疑問助詞「か」所構成的句型。要變化為「食(た)べる」的敬體時，只需將語尾「る」去掉再加上「ます」即可。

食(た)べ~~る~~＋ます→食(た)べます＋か→食(た)べますか

7 はい。/ いいえ。テイクアウトで。

是 不 外帶 用

●「テイクアウト」是片假名，即英文的「take out」，與「お持(も)ち帰(かえ)り」一樣，都有「外帶」的意思。

8 ありがとうございます。あちらで少々(しょうしょう)お待(ま)ちください。

謝謝 那裡 在 稍微 請等

6 ショッピングは楽(たの)しい。歡樂購物。

P3-6–01

歩(ある)いて　20分(ぷん)　ぐらい。
步行　20分鐘　左右

● 要變化為「歩(ある)く」て形時，只需要將語尾「く」改為「い」再加上「て」就好。

歩(ある)●┈→い＋て→歩(ある)いて

P3-6–02

1　**ショッピングモール　で　ショッピング　を　する。**
購物中心　在　購物　把　作

2　**マツモトキヨシ　で　化粧品(けしょうひん)　と　美容用品(びようようひん)　を　買(か)う。**
松本清　在　化妝品　和　美容用品　把　買

3　**キャラクターショップ　で　友(とも)だち　の　お土産(みやげ)　を　買(か)う。**
在主題專賣店　在　朋友們　的　禮物　把　買

4　**書店(しょてん)　にも　行(い)ってみよう。**
書店　也　去看看吧

● 「行(い)ってみよう」是「行(い)ってみる（去看看）」的推量形。

● 「行(い)ってみる」是由「行(い)く（去）」的て形接補助動詞「みる」所構成的「嘗試～」的句型，意思即「試試看（作前動作）」。
要變化為「行(い)く」的て形時，語尾「る」要改成促音「っ」而不是「い」。這是特例，請務必要牢記。

行(い)く→行(い)って＋みる→行(い)ってみる

● 要變化為「行(い)ってみる」的推量形時，只需將語尾「る」去掉再加上「よう」即可。

行(い)ってみ●＋よう→行(い)ってみよう

P3-6-03

これ、かわいい。
這個 可愛

- 表示事物的指示代名詞

這個	那個（離聽者較近）	那個（離聽、說雙方都遠）	哪個
これ	**それ**	**あれ**	**どれ**

P3-6-04

で いくら？
用 多少錢？

P3-6-05

買（か）おう かな、 どう しよう かな。
買吧 好嗎？ 怎樣 做吧 好嗎？→買？還是不買。

- 「買（か）おう」是「買（か）う（買）」的推量形。要變化為「買（か）う」的推量形時，只需是將語尾「う」改為「同一行 O 段音的假名お」再加「う」即可。

買（か）う→お＋う→買（か）おう

- 「かな」是由疑問助詞「か」加感嘆詞「な」所構成的用語。為自問自答，「～好嗎？」的意思。
- 「しよう」為不規則動詞「する（做）」的推量形。

P3-6-06

やめよう。 韓国（かんこく） の 方（ほう） が もっと やすい かも…。
放棄吧 韓國 的 方面 是 更 便宜 也許

- 「やめよう」為「やめる（放棄）」的推量形。要變化為「やめる」的推量形時，只需去掉語尾「る」再加「よう」即可。

やめる＋よう→やめよう

- 「かも」是「～かもしれない」的簡略表現，即「也許～」的意思。

P3-6–07

買おう。
買吧

●「買おう」是「買う（買）」的推量形。要變化為「買う」的推量形時，只需將「う」改為「同一行O段音的假名お」再接「う」即可。

買●⋯⋯→お＋う→買おう

P3-6–08

ポイントカード　は　お持ちですか。
集點卡　有拿著嗎？

●「お持ちですか」是「持っていますか」的尊重表現。「持っていますか」是由「持つ（持有、拿）」的て形接「いますか」構成的句型，為「持有～嗎？」的意思。「持つ」的て形變化是將語尾「つ」改為「っ」再加上「て」即可。

持●⋯⋯→っ＋て→持って

P3-6–09

ポイントカード　つくりたい　です。
集點卡　想辦理　是

●「つくりたい」是「つくる（做）」的希望表現。動詞以「たい」的句型表現時，即「想～」的意思。用於第一人稱時為自述希望的表現，第二人稱時限於疑問對方是否希望，形容第三人稱時將「たい」改成「たがる」。要變化為「つくる」的敬體時，只需將語尾「る」變為「同一行I段音的假名り」，再加上「ます」即可。

つく●⋯⋯→り＋ます→つくります

要變化為希望表現時，先將動詞名詞化，再加上「たい」即可。

つく●⋯⋯→り＋たい→つくりたい

P3-6–10

この　申込書　を　書いてください。
這個　申請書　把　請填寫

●「書いてください」是由「書く（寫）」的て形接「ください」所構成的句型，是「請書寫、請填寫～」的意思。「書く」要變化為て形時，只需要將語尾「く」改為「い」再加上「て」即可。

書●⋯⋯→い＋て→書いて＋ください→書いてください。

P3-6–⑪

1 2700円(えん) になります。

2700日元 / 是

● 店員向顧客報出價格時常用「～円(えん)になります（總共～日元）」。

2 ちょうど お預(あず)かり致(いた)しました。

正好 / 接收

● 「ちょうど」為副詞，是表示時間、大小、數量等「剛好、正好」的意思。

● 「お預(あず)かり致(いた)しました」是「預(あず)かりました（收、保管）」的謙讓表現。是謙遜自身的言行，以達到尊重他人的表現。而一般店員們常慣說「～円(えん)、お預(あず)かり致(いた)しました（收您～日元）」。「預(あず)かりました」是「預(あず)かる（收、保管）」的敬體過去形。要變化為「預(あず)かる」的敬體過去式時，只要將語尾「る」改為「同一行 I 段音的假名り」再加「ました」即可。

預(あず)か●る····→り＋ました→預(あず)かりました

3 こちら は レシート です。袋(ふくろ) に 入(い)れますか。

這個 / 是 / 收據 / 是 / 袋子 / 到 / 放進去嗎？

● 「入(い)れますか」是由「入(い)れる（放進）」的敬體接續疑問助詞「か」的疑問句型。要變化為「入(い)れる」的敬體時，只需去掉語尾「る」再接「ます」即可。

入(い)れ●る＋ます→入(い)れます＋か→入(い)れますか

4 お土産(みやげ) 用(よう) の 袋(ふくろ)、 入(い)れましょうか。

禮物 / 用 / 的 / 袋子 / 放進去嗎？

● 「入(い)れましょうか」是由「入(い)れる（放進）」的敬體推量形再加疑問表現的「か」構成的疑問句型，是帶有勸誘意味的「放進去吧？」的意思。

P3-6–⑫

いらっしゃいませ。 ごゆっくり ご覧(らん)になってくださいませ。

歡迎光臨 / 請慢慢 / 請看

●「ごゆっくり」是「ゆっくり（慢慢）」接表示鄭重的「ご」的形態。

●「ご覧(らん)になってくださいませ」表示「請看」。是店員對顧客使用的比較鄭重的表現。記住意思就可以。

P3-6-⑬

値段(ねだん)	は？	税込み(ぜいこみ)	で	2390円(えん)。	まあ、	いいね。	で、	サイズ	は？
價格	是？	含稅的金額	用	2390日元	咦	好啊	是以	尺碼	為？

●「税込み(ぜいこみ)」表示「含稅後的金額」。在日本，購買的商品若沒有標識「税込み(ぜいこみ)」時，消費者需要追加5%的消費稅。

●「まあ」是感嘆詞，有「雖然也…不過就這樣吧」的意思。

P3-6-⑭

1

すみません。	この	シャツ	の	サイズ	は	何(なん)	ですか。
麻煩了	這裡	襯衫	的	尺碼	為	多少	是？

2

この	シャツ	は	フリーサイズ	です。
這個	襯衫	為	均一尺碼	是

3

着(き)てみても	いいですか。
試穿看看	可以嗎？

●動詞的て形接「みる」時為「～看看」的意思。

●「着(き)る」意為「穿（衣服）」，是穿上半身衣物時用的動詞。若是下半身衣物，必需使用另一個動詞「はく」。
要變化為「着(き)る」的て形時，只需去除語尾的「る」再加「て」即可。

着(き)~~る~~+て→着(き)て+みる→着(き)てみる

4

はい、	こちら	の	試着室(しちゃくしつ)	で	どうぞ。
好的	這裡	的	更衣室	在	請

●「どうぞ」是「請…」的意思。

P3-6-⑮

1

ぴったり	です	ね。	よく	お似合(にあ)いです	よ。
正好	是	耶［向對方確認］	好	合身	喲！［提示］

- 「お似合(にあ)いです」是「似合(にあ)います（合適）」的丁寧表現。「似合(にあ)います」是「似合(にあ)う（合適、相配）」的敬體。要變化為「似合(にあ)う」的敬體時，只需將語尾的「う」改為「同一行I段音的假名い」再加「ます」即可。

似合(にあ)う⋯⋯▸い＋ます→似合(にあ)います

2

そうですか。	これに	します。
是嗎？	這個	要

- 「します」是不規則動詞「する（做）」的敬體。

3

後(あと)で	また、	来(き)ます。
之后	再次	來

- 「来(き)ます」是不規則動詞「来(く)る（來）」的敬體。

P3-6-⑯

1

申(もう)し訳(わけ)ございません	が、	シャツ	は	ちょっと	できません。
真不好意思	雖然～	襯衫	是	有些	不可以

- 「申(もう)し訳(わけ)ございません」是「すみません」的丁寧表現，程度相當的謙卑。
- 「できません」是「できる（可以）」的敬體否定形。要變化為「できる」的敬體否定形時，只需去除語尾「る」再加「ません」即可。

でき る＋ません→できません

2

そうですか、	合(あ)わなかったら、	どうしよう。
這樣啊	不合適的話	怎麼辦

- 「合(あ)わなかったら」是由「合(あ)う（合適）」的過去否定形再加假定形「ら」所構成的句型。要變化為「合(あ)う」的過去否定形則是將否定形「合(あ)わない」，去掉語尾「い」再接「かった」即可。

合わな●+かった→合わなかった＋ら→合わなかったら

要變化為「合う」的否定形時，只需將語尾的「う」改為「わ」再加「ない」即可。

合●……→わ＋ない→合わない

- 「合わなかったら、どうしょう」，是「如果衣服不合身，那該怎麼辦？」這是主人翁娜娜因為擔心而自言自語的話。

3

お客様	に	ぴったり	だ	と思います	よ。
顧客	對	合適	是	認為	喲

- 「思います」是「思う（想）」的敬體。要變化為「思う」的敬體時，只需將語尾的「う」改為「同一行I段音的假名い」再加「ます」即可。
「…と思います」是表現「我認為…」的主觀意見，在日語中是相當常見的表達。

思●……→い＋ます→思います

4

そうですか。	じゃ、	ください。
是嗎？	那麼	給

- 「じゃ」是「では（那麼）」的口語形。

5

お買い上げ、	ありがとうございます。
購買	謝謝

- 「買い上げ」的原形是「買い上げる」。「買い上げる」的動詞表示「（官方從民間）收購」的意思。動詞名詞化之後，則也包含了一般的「購買」之意。而「買い上げ」加上接頭語「お」，則為尊敬表現。

P3-6-⑰

1

どうぞ、	はいてみても	いいです	よ。
請	試穿看看	可以	喲

- 「どうぞ」是「請…」的意思。
- 動詞的て形接「みる」時為「～看看」的意思。穿下半身的衣物時，為「はく」，穿上半身的衣

物時為「着(き)る」。要變化為「はく」的て形時，只需將語尾的「く」改為「い」再加上「て」即可。

は(く)……→い＋て→はいて＋みる→はいてみる

●「～てもいいです」是「～也可以」，是一種許可的表現。要變化為「はいてみる」的て形時，只需將語尾的「る」去掉再加上「て」即可。

はいてみ(る)＋て→はいてみて＋もいいです→はいてみてもいいです

2 あ、そうですか。 24 下(くだ)さい。

啊 這樣啊？ 24(號) 請給

P3-6-⑱

1 ちょっと、大(おお)きいです ね。 一(ひと)つ、下(した) の サイズ ありますか。

有些 大 啊 一個 下 的 尺碼 有嗎？

●「ありますか」是由「ある（有）」的敬體接疑問助詞「か」所構成的疑問句。要變化為「ある」的敬體時，只需將語尾的「る」改為「同一行I段音的假名り」再加「ます」即可。

あ(る)……→り＋ます→あります＋か→ありますか

2 ちょっと、小(ちい)さいです ね。 一(ひと)つ、上(うえ) の サイズ ありますか。

有些 小 啊 一個 上 的 尺碼 有嗎？

●「小(ちい)さいです」是「小(ちい)さい（小的）」的敬體表現。

形容詞的敬體表現都是原形直接加「です」。

小(ちい)さい＋です→小(ちい)さいです

3 爪先(つまさき) が ちょっと きついです。

腳尖 是 有些 緊

●「きつい」是形容詞，在這裡是表示「（衣物）很緊的」的意思。

P3-6-⑲

1 申(もう)し訳(わけ)ございません。 ただ今(いま)、 在庫(ざいこ) が ございません。

抱歉 只是現在 庫存 是 沒有

- 「申し訳（もうわけ）ございません」是「すみません（對不起）」的丁寧表現，程度極為恭敬。
- 「ございません」是「ありません（沒有）」的謙讓表現。謙遜自身的言行，進而達到尊重別人的表現。

2 残念（ざんねん）です　ね。
遺憾　啊

- 「残念（ざんねん）」是形容動詞，為「遺憾、真可惜的」的意思。

形容動詞的敬體表現是語幹接「です」即可。

残念（ざんねん）＋です→残念（ざんねん）です

P3-6-20

1 どうぞ、　はいてみて　ください。
給　試穿看看　請

2 ぴったりです。　これ　に　します。
正好　這個　為　決定

- 「します」是不規則動詞「する」的敬體，是「做」的意思。在這裡配合前面的「に」，有「決定為…」的意思。

P3-6-21

1 かぶって　みても　いいですか。
戴　嘗試　可以嗎

- 「かぶって」是「かぶる」的て形，是「戴」的意思。要變化為「かぶる」的て形時，只需將語尾的「る」改為「っ」再加上「て」即可。

かぶ●→っ＋て→かぶって

2 着（き）て　みても　いいですか。
穿　嘗試　可以嗎？

●「着て」是「着る（穿）」的て形，要變化為「着る」的て形時，只需將語尾的「る」去掉再加上「て」即可。

着~~る~~＋て→着て

3 はいて みても いいですか。
穿 嘗試 可以嗎？

●「はいて」是「はく（穿（下半身衣物））」的て形。要變化為「はく」的て形時，只需將語尾的「く」改為「い」再加上「て」即可。

はく⋯⋯→い＋て→はいて

4 つけて みても いいですか。
戴 嘗試 可以嗎？

●「つけて」 是「つける」的て形，在這裡是「戴、裝飾」的意思。除此之外「つける」還可以表示「貼、粘、打開電器」等涵義，所以理解時需根據前後文加以了解。要變化為「つける」的て形，只需將語尾的「る」去掉再加上「て」即可。

つけ~~る~~＋て→つけて

5 かけて みても いいですか。
帶 嘗試 可以嗎？

●「かけて」是「かける（掛）」的て形。除此之外，「かける」還有很多涵義，所以翻譯時需要注意。「かける」的て形是，將語尾的「る」去掉再加上「て」即可。

かけ~~る~~＋て→かけて

6 はめて みても いいですか。
戴 嘗試 可以嗎？

●「はめて」為「はめる」的て形，「戴上」的意思。「はめる」主要使用於戴手套、戴戒指及警方將犯人扣上手銬時使用。要變化為「はめる」的て形時，只需將語尾的「る」去掉再加上「て」即可。

はめ~~る~~＋て→はめて

P3-6-22

	いろ		
ほか	の	色	は	ありませんか。
其餘	的	顏色	是	有嗎？

- 「ありませんか」是由敬體「あります（有）」的否定形「ありません」接疑問助詞「か」所構成的疑問句。

P3-6-23

むじ		
無地	は	ありませんか。
素色	是	有嗎？

P3-6-24

	おお		
もっと	大きい	の	ありませんか。
再	大	的	有嗎？

P3-6-25

	ちい		
ちょっと	小さい	の	ありませんか。
有些	小	的	有嗎？

P3-6-26

	あたら					
これ、	新しい	の	が	ほしい	んです	けど。
這個	新	的	是	想要	是～	但是

1

		しょうしょう	ま
はい、	ございます。	少々	お待ちください。
好的	有	稍微	請等

- 「ございます」是「あります（有）」的丁寧表現。
- 「お待（ま）ちください」是「待（ま）ってください（請等）」的尊敬表現。

2

	も
すぐ、	お持ちします。
馬上	拿來

- 「お持（も）ちします」是「持（も）ちます」的謙讓表現。「持（も）ちます」是「持（も）つ」的敬體。要變化為「持（も）つ」的敬體時，只需將語尾的「つ」改為「同一行 I 段音的假名ち」再加「ます」即可。

持（も）つ……→ち＋ます→持（も）ちます

3　申し訳（もうわけ）ございません。今（いま）、それ しか 残（のこ）っておりません。

很抱歉 / 現在 / 這個 / 除了 / 沒有剩餘

- 「申し訳（もうわけ）ございません」是「すみません（對不起）」的謙讓表現。
- 「しか」是「只～」的意思，但後面一定要接否定句。
- 「残（のこ）っておりません」是「残（のこ）っていません（沒有多的）」的丁寧表現。原形為「残（のこ）る（剩餘）」。

4　仕方（しかた）ありません ね。これ、ください。

沒辦法 / 啊 / 這個 / 請

- 「仕方（しかた）」表示「方法、手段」，「仕方（しかた）ない」則是「沒辦法、只好如此」的意思。較鄭重的表現為「仕方（しかた）ありません」。

5　それじゃ いいです。

那麼 / 可以（不用了）

- 「それじゃ」是「それでは（那麼的話、那麼就）」的口語形。
- 這裡的「いいです」是「いい」的丁寧表現，字面上的意思是「可以」，用在答覆他人的邀請時，有可能是「好的」，也有可能是「不用了」的拒絕之意，應依當下狀況確認清楚。這點日語初學者常搞錯，請注意。

P3-6–27

商品（しょうひん） が あふれている。

商品 / 是 / 陳列著

- 「あふれている」是由「あふれる（溢出、充滿）」的敬體再加上存在狀態的「いる」所構成的句型，意思是「充滿著⋯」。但因為這裡是在指商店裡的架上滿滿的都是商品，因此以「陳列著⋯」來表現。

P3-6–28

支店（してん） に よって 同（おな）じ 商品（しょうひん） でも、値段（ねだん） の 差（さ） が ある場合（ばあい） も ある。

分店 / 在 / 根據 / 相同 / 商品 / 就算 / 價格 / 的 / 差異 / 是 / 情況 / 也 / 有

●「ある場合（ばあい）」是由動詞原形「ある（在）」接續表示「情況」的「場合（ばあい）」所構成的句型，表示「有～的情況」。

ある＋場合（ばあい）→ある場合（ばあい）

P3-6-29

買（か）う	前（まえ）に	値段（ねだん）	の	比較（ひかく）	を	しよう。
買	前	價格	的	比較	把	做吧

●動詞原形接「前（まえ）に」時，表示「作該動作之前」。

買（か）う＋前（まえ）に→買（か）う前（まえ）に

P3-6-30

肌（はだ）あれ	に	くすみ	まで…。
粗糙的皮膚	在	暗沉	連

P3-6-31

もの	によって	は、	日本（にほん）	の	方（ほう）	が	もっと	やすい	ね。
東西	依	是	日本	的	方面	是	更	便宜	啊

P3-6-32

袋（ふくろ）	が	こんなに	多（おお）くなっちゃった。	どうしよう。
袋子	是	這樣	多呀（過去式）	怎麼辦

●「多（おお）くなっちゃった」是「多（おお）くなってしまった（變多）」的口語形。「多（おお）くなってしまった」是形容詞「多（おお）い（多的）」經過三次變化，接續形成的句型，下面一步一步的來解析：

①首先將形容詞的語尾「い」去掉再接「くなる」，意思為「變多」。

多（おお）い＋くなる→多（おお）くなる

要變化為「多（おお）くなる」的て形時，只需將語尾的「る」改為「っ」再加上「て」即可。

多（おお）くなる→っ＋て→多（おお）くなって

②動詞的て形接補助動詞「しまう」時，是「完了、糟糕」等「加劇心情沉重表現」的意思。要變化為「しまう」的過去式時，只需將語尾的「う」改為「っ」再加上「た」即可。

多（おお）くなってしまう→っ＋た→多（おお）くなってしまった

③「多（おお）くなってしまった」中，簡略為口語時，可以將「てしまった」改為「ちゃった」即可。

6 歡樂購物

P3-6-33

こんな	の	が	あるんだ。
這樣	的	是	有啊

- 「んだ」為「強調的表現」，即「是～的、是～」的意思。但它有種說話者想要「傳達出強烈情感」的意思在。

P3-6-34

バッグ	の	ヒモ	を	両手（りょうて）	で	上（うえ）	に	引（ひ）き上（あ）げる。
袋子	的	提環	將	雙手	用	上	往	拉上

- 「引（ひ）き上（あ）げる」是動詞，有「往上提、往上拉」的意思。要變化為「引（ひ）き上（あ）げる」的て形時，只需將語尾的「る」去掉再加上「て」即可。

引（ひ）き上（あ）げ●+て→引（ひ）き上（あ）げて

P3-6-35

次（つぎ）	は、	どこ	に	行（い）こうかな～。
接下來	是	哪裡	向	去好呢？

- 「行（い）こう」是「行（い）く（去）」的推量形。要變化為「行（い）く」的推量形時，只需將語尾的「く」改為「同一行O段音的假名こ」再加「う」即可。

行（い）●……→こ+う→行（い）こう

- 「かな」是疑問助詞「か」和感嘆詞「な」組合構成的句型，表示「自問自答」的意思。

P3-6-36

どれ	も	かわいい。	この	めいぐるみ、	ほしい。
哪個	也	可愛	這個	縫製娃娃	想要

- 「ほしい」表示「想要、希望」。表示第一人稱的願望。用於第二人稱時則是用於詢問受話者的「想要」，用於第三人稱時則不是「ほしい」，而是「ほしがる」。

想要這個的話，就求我呀！

これ、欲しい？
這個，想要嗎？

ほしい、ほしい
想要，想要。

想要！想要！我非常想要你手上的東西嘛。求求妳！

P3-6–37

この 折り畳み傘、 かわいい。 これ は、 買わなきゃ…。
這個 折疊傘 可愛 這個 是 不買的話…

- 「折り畳み傘」的「折り畳み」是從動詞「折り畳む（折、疊）」引伸而來的。
- 「買わなきゃ」是「買わなければ（非買不可）」的口語形。是動詞否定假定形（なければ）再加上「ならない」形式，即表示「非做此動作不可」。「なければ」的口語形則是「なきゃ」。
「買わなければならない」是由「買う（買）」的動詞否定假定形「買わなければ」再加「ならない」所構成的句型，為「非買不可」的意思。
要變化為「買う」的否定形時，只需將語尾的「う」改為「わ」 再加「ない」即可。注意，這裡就不是改成同一行A段的假名「あ」，而是改成「わ」。是個特例！請務必記住。

買う……→わ＋ない→買わない

P3-6–38

どれ も かわいい から、 迷っちゃう ね。
什麼 都 可愛 因為 苦惱 啊

- 「迷っちゃう」是「迷ってしまう」的口語形。原形為「迷う（迷茫、猶豫）」。
動詞的て形接補助動詞「しまう（結束、完成）」時，表示「完了」等「加劇心情沉重的表現」。
要變化為「迷う」的て形時，只需將語尾的「う」改為「っ」再加上「て」即可。

迷う……→っ＋て→迷って＋しまう→迷ってしまう＝迷っちゃう

P3-6–39

おまえ、 読める のか。
你 能讀 嗎？

- 「読める」是「読む（唸）」的可能形。要變化為「読む」的可能形時，只需將語尾的「む」改為「同一行E段音的假名め」再加「る」即可。

読む……→め＋る→読める

6 歡樂購物

● 將「のか」的尾音上昇，表示向對方進行詢問或進行確認。

P3-6–40

写真（しゃしん） と 絵（え） だけ 見（み）ても いいんじゃない。
相片 和 畫 只是 看也 好吧

● 「～んじゃない」為「不是嗎？」的意思。尾音上昂雖然是用否定的形式向對方進行的提問，卻是希望得到對方共鳴的表現。

P3-6–41

一階（いっかい）、 二階（にかい）、 六階（ろっかい） だけ 行（い）こう。
一樓 二樓 六樓 只 去吧

● 「行（い）こう」是「行（い）く（去）」的推量形。要變化為「行（い）く」的推量形時，只需將語尾的「く」改為「同一行 O 段音的假名こ」再加「う」即可。

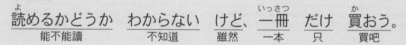

行（い）（く）⋯⋯▸こ＋う→行（い）こう

P3-6–42

読（よ）めるかどうか わからない けど、一冊（いっさつ） だけ 買（か）おう。
能不能讀 不知道 雖然 一本 只 買吧

● 「読（よ）める」是「読（よ）む（唸）」的可能形。要變化為「読（よ）む」的可能形時，只需將語尾的「む」改為「同一行E段音的假名め」再加「る」即可。

読（よ）（む）⋯⋯▸め＋る→読（よ）める

● 「～かどうか」是「做還是不做？」的意思。

● 「買（か）おう」是「買（か）う（買）」的推量形。要變化為「買（か）う」的推量形時，只需將語尾的「う」改為「同一行O段音的假名お」再加「う」即可。

買（か）（う）⋯⋯▸お＋う→買（か）おう

P3-6–43

やっぱり、 ここ でも なか は 見（み）られない ね。
果然 這裡 也 內 是 看不見 啊

● 「見られない」是「見る」的可能形「見られる（可以看到）」的否定形。要變化為「見る」的可能形時，只需將語尾的「る」去掉再加上「られる」即可。

見●＋られる→見られる

要變化為「見られる」的否定形時，只需將語尾的「る」去掉再加上「ない」即可。

見られ●＋ない→見られない

P3-6–44

1 ブックカバー（書皮） を（把） つけますか。（包嗎？）

● 「つけますか」的原形是「つける」，有相當多的意思，這裡是「套上」的意思。「つける」另外還有「貼、粘、打開電器」等意思在。

2 はい、（好的） つけて（套上） ください。（請）

● 「ください」表示「請」，與動詞的て形結合則表達出「請做～」的意思。
「つける」的て形是去除語尾「る」後接「て」即可。

つけ●＋て→つけて＋ください→つけてください

3 いいえ、（不） 結構です。（可以了）

● 「結構です」的意思很特別，可以是「好的（我要）！」，也可以是「不必了！我不需要。」必需依情況來判斷說話者真正的意思。

4 しおり（書簽） は（是） こちら（這裡） に（在） 挟んで（夾） おきます（預先） ね。（啊）

● 當動詞的て形接補助動詞「おく」時，為「預先做好前動作」的意思。
「挟んで」是「挟む（夾）」的て形，「おきます」則是「おく」的敬體。要變化為「挟む」的て形時，只需依將語尾的「む」改為「ん」再加上「で」即可。

挟●……→ん＋で→挟んで

要變化為「挟（はさ）んでおく」的敬體時，只需將語尾的「く」改為「同一行I段音的假名き」再加「ます」即可。

挟（はさ）んでお㋗……き＋ます→挟（はさ）んでおきます

5　はい、（好的）　どうも。（謝謝）

P3-6–45

足（あし）、痛（いた）い。もう、歩（ある）けない。

腿　疼　已經　走不動了

- 「歩（ある）けない」是「歩（ある）く（走）」的可能形「歩（ある）ける（能走）」的否定形。要變化為「歩（ある）く」的可能形時，只需將語尾的「く」改為「同一行E段音的假名け」再加「る」即可。

歩（ある）㋗……け＋る→歩（ある）ける

要變化為「歩（ある）ける」的否定形時，只需將語尾的「る」去掉再加上「ない」即可。

歩（ある）け㋹＋ない→歩（ある）けない

P3-6–46

お風呂（ふろ）に入（はい）る。

浴缸　到　進

P3-6–47

足（あし）にシップを貼（は）る。

腳　在　按摩貼片　將　貼

- 「歩（ある）いて」是「歩（ある）く（走）」的て形，為「走」的意思。要變化為「歩（ある）く」的て形時，只需將語尾的「く」改為「い」再加上「て」即可。

歩（ある）㋗……い＋て→歩（ある）いて

走出迷宮

娜娜，真可惡，怎麼
可以自己吃……

不趕快來，我就
自己全吃掉。

尋找相異處的正確答案

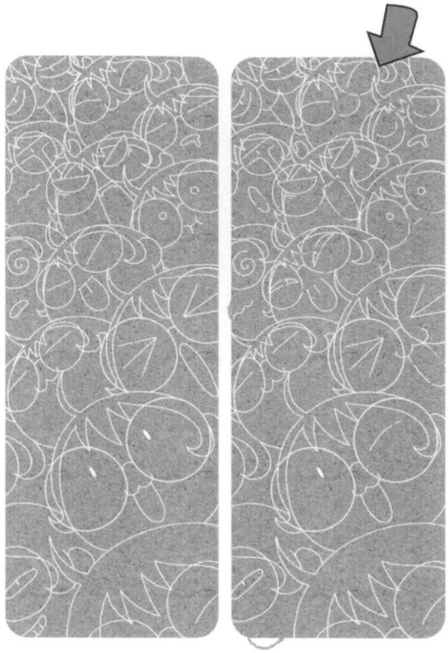

走出迷宮的正確答案

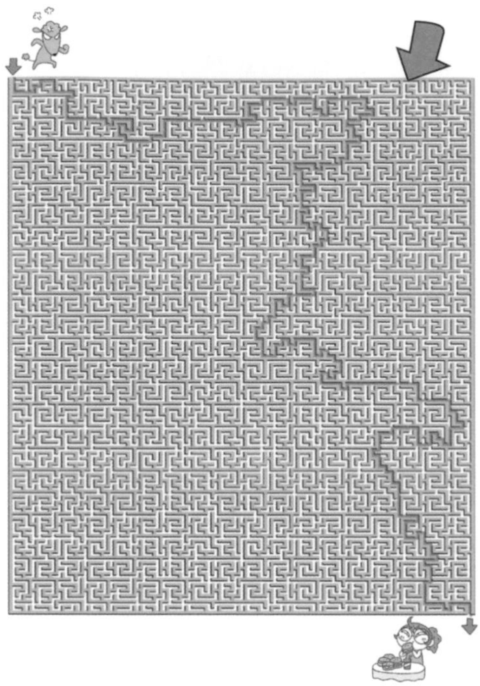

紙娃娃裁剪說明

1.先護貝後再按照圖案的邊緣剪下來。

2.根據151頁的服裝說明就可以幫娜娜跟波可變換不同造型哦！

避免妳燙壞或裁剪時出錯，
我已經幫妳準備好幾本囉～！
愛惜東西才有好日子過！
我就用熨斗來自行護貝。

3
2
1
6
5
4
9
8
7

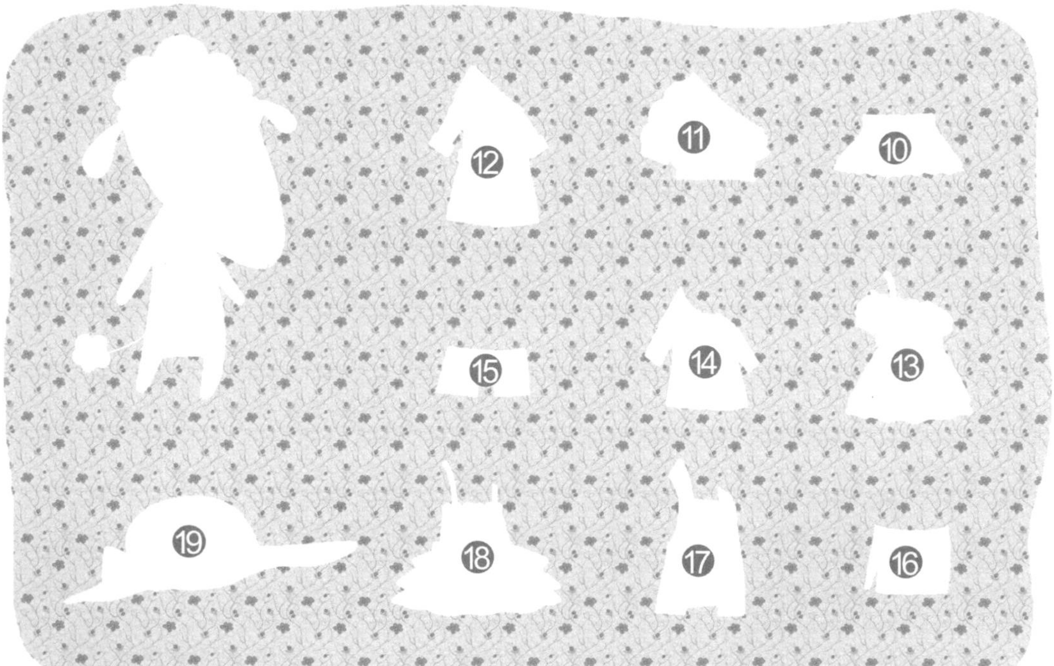
12
11
10
15
14
13
19
18
17
16

服裝說明

1. チェックのシャツ 格紋襯衫
2. ノースリーブワンピース 無袖連身洋裝
3. キャミソールワンピース 細肩帶連身洋裝
4. 横柄(よこがら)のTシャツ 橫紋T恤
5. ピンクのブラウス 粉紅色的罩衫
6. イエローのジャケット 黃色外套
7. リボンつきワンピース 蝴蝶結鑲飾外套
8. ジーパン 牛仔褲
9. ファーコート 皮草外套
10. かわいいミニスカート 可愛迷你裙
11. ダウンコート 羽毛外套
12. トレンチコート 雙排扣有腰帶的短外套
13. ドットワンピース 圓點圖案連身裙
14. バナナ模様(もよう)のTシャツ 有香蕉圖案的T恤
15. ショートパンツ 熱褲
16. ミニスカート 迷你裙
17. サスペンダ 吊帶
18. ドレス 小禮服
19. 麦(むぎ)わら帽子(ぼうし) 藤編帽

STYLE!

日本各地方及都道府縣名

北海道地方（ほっかいどう ちほう）

- 北海道（ほっかいどう）

東北地方（とうほく ちほう）

- 青森県（あおもりけん）－岩手県（いわてけん）－宮城県（みやぎけん）－秋田県（あきたけん）
- 山形県（やまがたけん）－福島県（ふくしまけん）

関東地方（かんとう ちほう）

- 茨城県（いばらきけん）－栃木県（とちぎけん）－群馬県（ぐんまけん）－埼玉県（さいたまけん）
- 神奈川県（かながわけん）－東京都（とうきょうと）－千葉県（ちばけん）

中部地方（ちゅうぶ ちほう）

- 新潟県（にいがたけん）－山梨県（やまなしけん）－長野県（ながのけん）－富山県（とやまけん）－石川県（いしかわけん）
- 福井県（ふくいけん）－岐阜県（ぎふけん）－静岡県（しずおかけん）－愛知県（あいちけん）

近畿地方（きんきちほう）

- 三重県（みえけん）
- 滋賀県（しがけん）
- 京都府（きょうとふ）
- 大阪府（おおさかふ）
- 兵庫県（ひょうごけん）
- 奈良県（ならけん）

中国地方（ちゅうごくちほう）

- 鳥取県（とっとりけん）
- 島根県（しまねけん）
- 岡山県（おかやまけん）
- 広島県（ひろしまけん）
- 山口県（やまぐちけん）

四国地方（しこくちほう）

- 徳島県（とくしまけん）
- 香川県（かがわけん）
- 愛媛県（えひめけん）
- 高知県（こうちけん）

九州地方（きゅうしゅうちほう）

- 福岡県（ふくおかけん）
- 佐賀県（さがけん）
- 長崎県（ながさきけん）
- 宮崎県（みやざきけん）
- 熊本県（くまもとけん）
- 大分県（おおいたけん）
- 鹿児島県（かごしまけん）
- 沖縄県（おきなわけん）

近代日本年號與西元、民國年號對照表

民國年號	西元年號	日本年號
民國15年	1926年	昭和元年
民國16年	1927年	昭和2年
民國17年	1928年	昭和3年
民國18年	1929年	昭和4年
民國19年	1930年	昭和5年
民國20年	1931年	昭和6年
民國21年	1932年	昭和7年
民國22年	1933年	昭和8年
民國23年	1934年	昭和9年
民國24年	1935年	昭和10年
民國25年	1936年	昭和11年
民國26年	1937年	昭和12年
民國27年	1938年	昭和13年
民國28年	1939年	昭和14年
民國29年	1940年	昭和15年
民國30年	1941年	昭和16年
民國31年	1942年	昭和17年
民國32年	1943年	昭和18年
民國33年	1944年	昭和19年
民國34年	1945年	昭和20年
民國35年	1946年	昭和21年
民國36年	1947年	昭和22年
民國37年	1948年	昭和23年
民國38年	1949年	昭和24年
民國39年	1950年	昭和25年
民國40年	1951年	昭和26年
民國41年	1952年	昭和27年
民國42年	1953年	昭和28年
民國43年	1954年	昭和29年
民國44年	1955年	昭和30年
民國45年	1956年	昭和31年
民國46年	1957年	昭和32年
民國47年	1958年	昭和33年
民國48年	1959年	昭和34年
民國49年	1960年	昭和35年
民國50年	1961年	昭和36年
民國51年	1962年	昭和37年
民國52年	1963年	昭和38年
民國53年	1964年	昭和39年

民國54年	1965年	昭和40年
民國55年	1966年	昭和41年
民國56年	1967年	昭和42年
民國57年	1968年	昭和43年
民國58年	1969年	昭和44年
民國59年	1970年	昭和45年
民國60年	1971年	昭和46年
民國61年	1972年	昭和47年
民國62年	1973年	昭和48年
民國63年	1974年	昭和49年
民國64年	1975年	昭和50年
民國65年	1976年	昭和51年
民國66年	1977年	昭和52年
民國67年	1978年	昭和53年
民國68年	1979年	昭和54年
民國69年	1980年	昭和55年
民國70年	1981年	昭和56年
民國71年	1982年	昭和57年
民國72年	1983年	昭和58年
民國73年	1984年	昭和59年
民國74年	1985年	昭和60年
民國75年	1986年	昭和61年
民國76年	1987年	昭和62年
民國77年	1988年	昭和63年
民國78年	1989年	平成元年
民國79年	1990年	平成2年
民國80年	1991年	平成3年
民國81年	1992年	平成4年
民國82年	1993年	平成5年
民國83年	1994年	平成6年
民國84年	1995年	平成7年
民國85年	1996年	平成8年
民國86年	1997年	平成9年
民國87年	1998年	平成10年
民國88年	1999年	平成11年
民國89年	2000年	平成12年
民國90年	2001年	平成13年
民國91年	2002年	平成14年
民國92年	2003年	平成15年
民國93年	2004年	平成16年

民國94年	2005年	平成17年
民國95年	2006年	平成18年
民國96年	2007年	平成19年
民國97年	2008年	平成20年
民國98年	2009年	平成21年
民國99年	2010年	平成22年
民國100年	2011年	平成23年
民國101年	2012年	平成24年
民國102年	2013年	平成25年
民國103年	2014年	平成26年
民國104年	2015年	平成27年
民國105年	2016年	平成28年
民國106年	2017年	平成29年
民國107年	2018年	平成30年
民國108年	2019年	令和元年
民國109年	2020年	令和2年

一般日本姓氏唸法

さいとう 斉藤	きむら 木村	いとう 伊藤	さかい 酒井
いながき 稲垣	なかやま 中山	あだち 安達	はまさき 浜崎
やまだ 山田	とだ 戸田	あんどう 安藤	くわはら 桑原
かわた 川田	もうり 毛利	さとう 佐藤	もりやま 森山
こうさか 香坂	かたぎり 片桐	はせがわ 長谷川	すずき 鈴木
やまむら 山村	たまき 玉木	ながさわ 長沢	はとやま 鳩山
おおさわ 大沢	いしだ 石田	はやし 林	あらがき 新垣
こいずみ 小泉	たなか 田中	まつだいら 松平	ひぐち 樋口
つちや 土屋	ひろせ 広瀬	つまぶき 妻夫木	とくがわ 徳川
こじま 小島	わたなべ 渡辺	あさの 浅野	わたぬき 綿貫
やまさき 山崎	よしだ 吉田	はら 原	ふじむら 藤村
しむら 志村	いとう 伊東	しばさき 柴崎	ふじわら 藤原
きのした 木下	だて 伊達	みずしま 水島	おだ 織田
みやざき 宮崎	しのはら 篠原	なかむら 中村	まなべ 真鍋
かとう 加藤	さかきばら 榊原	たかなし 小鳥遊	わたぬき 四月一日

國際學村
LA PRESS 語研學院 Language Academy Press
語言學習NO.1
學英語
學韓語
學日語
附音標記憶口訣MP3光碟
QR碼行動學習版
學英文音標不用背
「K.K.音標」與「自然發音」一次搞定，發音學習無死角！
保證看完一週就能看懂英文字典的音標！
韓語文法精準應用
用本書學50音，記住真的真的……太簡單！
學日語50音不用背
木村学 著
從口訣＋字源＋諧音＋自然律動50音
日語假名一次學到好
安→あ→あ
第二外語
考多益
考日檢
專為華人設計的越南語教材
自學越南語看完這本就能說！
字母＋單字＋會話＋文法一次學會！
VIETNAMESE
All in one
漢字擬音＋英文字彙擬音＋國際音標＋口型示範
HACKERS × 國際學村
新制多益TOEIC聽力＋閱讀
第一次考多益就高分
全方位指南
N5-N1新日檢文法大全
精選出題頻率最高的考用文法，
一本全包全級數通用！
準確度破表考哪級都可以
不冷僻、常出現，滿足各種日檢準備
考韓檢
考英檢
韓國專業教學團隊編寫！
完全掌握新制韓檢考試方向！
NEW TOPIK
新韓檢中高級題庫解析
附官方示範考題解析
KOREAN Intermediate&Advanced
準備新韓檢1次就通過
英中雙母語教師，獨門傳授高分答題技巧
全新！NEW GEPT全民英檢
中高級寫作&口說題庫解析
全新完整模擬試題，反映最新命題趨勢
想獲得最新最快的
語言學習情報嗎？
歡迎加入
國際學村&語研學院粉絲團

台灣廣廈國際出版集團
Taiwan Mansion International Group

國家圖書館出版品預行編目（CIP）資料

我的第一本日語學習書：一次學會日語單字、會話、句型、文法的入門書 / Communication 日文研究會著；崔蓮紅譯. -- 初版. -- 新北市：國際學村, 2020.07
面； 公分
QR碼行動學習版
ISBN 978-986-454-129-4(平裝)

1.日語 2.讀本

803.18 109006488

國際學村

我的第一本日語學習書【QR碼行動學習版】

一次學會日語單字、會話、句型、文法的入門書

作　　者／Communication 日文研究會
翻　　譯／崔蓮紅
編輯中心編輯長／伍峻宏・**編輯**／尹紹仲
封面設計／張家綺・**內頁排版**／東豪
製版・印刷・裝訂／東豪・弼聖・明和

行企研發中心總監／陳冠蒨
媒體公關組／陳柔彣
綜合業務組／何欣穎
線上學習中心總監／陳冠蒨
數位營運組／顏佑婷
企製開發組／江季珊、張哲剛

發 行 人／江媛珍
法 律 顧 問／第一國際法律事務所 余淑杏律師・北辰著作權事務所 蕭雄淋律師
出　　版／國際學村
發　　行／台灣廣廈有聲圖書有限公司
地址：新北市235中和區中山路二段359巷7號2樓
電話：（886）2-2225-5777・傳真：（886）2-2225-8052
讀者服務信箱／cs@booknews.com.tw

代理印務・全球總經銷／知遠文化事業有限公司
地址：新北市222深坑區北深路三段155巷25號5樓
電話：（886）2-2664-8800・傳真：（886）2-2664-8801
郵 政 劃 撥／劃撥帳號：18836722
劃撥戶名：知遠文化事業有限公司（※單次購書金額未達1000元，請另付70元郵資。）

■出版日期：2020年07月
2024年05月3刷
ISBN：978-986-454-129-4